河出文庫

瓶のなかの旅

酒と煙草エッセイ傑作選

開高健

河出書房新社

目次

瓶のなかの旅

酒と煙草エッセイ傑作選

Ⅰ

瓶のなかの旅

瓶のなかの旅

ブルガリアの首都のソフィアは〝庭園都市〟と呼ばれている。町にはいたるところに並木道があり、山の頂上の料理店から見おろすと、市街が緑いろに見える。批評家のイワン・ベルチェフ氏が案内してくれたのだが、彼は、これでも過去数百年のトルコの圧政時代に山がすっかり禿げ山にされてしまったのだよと、説明してくれた。

この国の特産の酒を飲ませてくれというと、マスティカというのと、スリヴォというのをベルチェフ氏は料理店で紹介してくれた。

マスティカは大きなゴブレットに入ってはこばれてきた。グラスになみなみと入り、白濁し、表面に油精に似たものが浮いてキラキラと光っている。一口すすってみると、例のアブサン特有の杏仁水に似た香りと味がプンときた。

「これはアブサンだ。ペルノーではありませんか？」

私がつぶやくと、ベルチェフ氏は軽蔑しきったそぶりで肩をすくめた。そして、ペルノーはアブサンではないし、マスティカはペルノーではない、といった。事実、そのとおりである。〝ペルノー〟はアブサンの代用品で、味や香りは似せてあるが、アブサンのアブサンである理由の毒がぬいてある。これを飲んで脳神経がおかされるということはない。不能になるということもない。

「するとマスティカはなんです？」

「これか。これは正真正銘のマスティカで、《紳士の乳》ですよ」

パリで飲むリカルドやパステスなどに似た味がした。また、トルコやイスラエルなどで、アラックとか、アラキなどと呼ばれているのとも似ていたようである。アブサンとおなじようにつめたい水で割って飲むのだ。いや、これこそはアブサンそのものではなかったかと思う。ひどく利いた。一杯飲んだだけで前後不覚になってしまった。気がつくと空港ホテルのつめたい朝のベッドにおちていた。

スリヴォは、ルーマニアでツイカ、チェコでスリヴォヴィツァと呼んでいる地酒である。このあたり、カルパチア山系一帯の地方でとれるスモモからとったブランデーである。ユーゴスラヴィアでもおなじ酒がつくられている。

これは、すこし酸っぱくて、ひなびた味がする。コニャックのように円熟した豪華さはないが、きまじめな田舎娘のようなところがある。どこの国へいっても、こと酒となるとみんなふしぎにお国自慢にふけるくせがある。ほめると無邪気によろこぶが、批判するとやっきになって抗議する。スリヴォも同様であって、ベルチェフ氏はブルガリアのスリヴォだけがスリヴォだといった。マグダレナは、ルーマニアのツイカこそまじり気なしの本物だわヨ、といった。チェコのイェリネク君は、いんぎんに、しかし断固として、スリヴォヴィツァです、といった。

私の好きなのはポーランドのズブロブカである。これはじつに上品な、洗練された、典雅な味と香りを持っている。世界の銘酒の一つにあげていいのではないかと思う。ウォツカのなかに草を浸し、少し緑いろに染まったところを瓶詰めにするのである。瓶のなかに一本ずつ、その草が入っている。この草は、むかし、ヨーロッパの北方野牛が食っていた草だという説明を聞いた。ズブロブカ（ポーランド人は、ズブロと呼んでいる）は、この草のほのかな色と香りを持ち、淡緑色を帯びているが、リキュールのようなしつこさがない。この酒を飲むと、吐く息までがさわやかな、淡泊な草の香りを帯びるような気がしてくる。強烈なのに、その強烈さをちっとも感じさせない。ふしぎな酒である。

ポーランドには、ほかに〝ヴァーヴェル〟といって、蜂蜜からとった酒がある。ハニィ・ワインである。これはご婦人向きである。甘くて、やわらかく、少し重い。たいへん値は高いが、私はズブロブカのほうをとる。野性を持ちながらこれほど典雅に洗練された酒はめずらしいと思う。無人島にどの酒を持っていくかと聞かれたら、ズブロだと答えてもよいと思っている。酒が文化のバロメーターの一つになるのならポーランド人は非常に洗練された文化を持っているといえる。
フランスのぶどう酒は世界の王者だが、その銘品中の銘品のシャトーものと匹敵してしりぞかない銘品がハンガリーのトーカイ（トーケイと呼ぶ人もあるが……）である。

これは、さすがに伝統の名をはずかしめない銘酒だった。豊満で、艶っぽく、熱さと烈しさがあって、飲んでいるうちに全身が燃えあがってくるのだ。これがヴィンテージもの（ぶどうの当り年のときの酒）だったらどんなにすばらしいだろうと、想像した。最後のしずくを手の甲でくちびるからぬぐいとったとき、完全な満足をおぼえた。

ブカレストの運転手のイオン君にいわせると、ハンガリーの女がいちばんなのだそうだ。そのハンガリーの女のなかでも、やせていて歯ならびのわるい女が、とりわけはげしいのだそうだ。やせた女がはげしいのは血が速くまわるからで、歯ならびのわるい女がいいのはどういうわけかわからないがとにかくいいのだから、これから町を歩くときは歯ならびのわるいハンガリー女をさがしたらいいと、知恵をつけてくれた。彼は親切な男で、食事のあとではかならず甘いもの《コンポート》を食べろ、食べろとすすめてくれた。甘いものはリキをつけると信じられている。（フランス人はコショウがいいといっている。）

「甘いものはそんなに利くか？」と聞くと、

「利くとも。甘いものを食わないで歯ならびのわるい女と寝ると、女があんたの眼をぶつよ」

「どうして眼をぶつのだ？」

「はずかしいからね。そんなたよりない男に自分を見られたくないのさ」

イオン君はそういって笑い、せっせと砂糖漬けのアンズを油で揚げた、こってりと甘いやつを食べつづけた。ちなみに歯ならびのわるい女が、よく見つけられたむかしの酒場のことを、ルーマニア語では「ボンベ」と呼んだ。爆弾という意味でもある。

タケシのパリ

パンテオンの正面のゆるい坂はスーフロ大通りである。それをおりてゆくとサン・ミシェル大通りに出会う。このあたり学生街の動脈である。リュクサンブールの公園もある。永井荷風が若いころさまよい歩いていたのもこのあたりである。パンテオンからちょっとさがってすぐ右へ折れたところに、スーフロ屋という小さな旅館があった。あとで人に教えられて、そこに荷風が泊っていたと知った。私もある年の夏に泊ったことがある。暗い、小さな旅館で、おかみさんはやせていて、口数が少く、悲しげな顔をしていた。

そのすぐ向いにマチュラン屋という小さな旅館がある。別の年の夏、またそのつぎの年の冬、そこに泊った。私はカルチェ・ラタンの空気が好きなので、いつもそのあたりの小さな学生下宿に泊ることにしていた。おかみさんは何も知らないけれど、この旅館のどこかの部屋に昔、リルケが下宿していた。そして、おそらく『マルテの手記』と思われる原稿を書いていた。夜遊びでくたびれたコクトーが青白い未明のなかをもどってくると、パンテオンをおりてすぐ右のある部屋の窓が、夜が明けたのにまだ灯を消さないで輝いている。それを見てコクトーは考えるのだった。

「ああ。またリルケが痛がっている」

冬、マチュラン屋の小さな一人部屋に閉じこもって本を読んでいると、凍《い》てつくような寒さが古い壁からおしよせてくる。私はベッドのなかで、ふるえながらぶどう酒をラッパ飲みするが、瓶の口で歯が鳴る。孤独の寒さでもあった。この古い、朽ちた、華やかな石の街には森のような夜が訪れる。たえまなく遠くに潮騒のような自動車の流れる音がひびいているが、部屋のなかでは凍てた夜が肉を切って骨までひびく。ときどき獣が鋭い叫び声をたてるのは、自動車が街角で急カーブを切るきしりであった。マロニエの枯葉一枚、一枚にも人の指紋がついているかと思えるこの街に、ジャングルのような夜が沈んでくる。

公園やサン・ミシェル通りには、さまざまなしがない大道芸人や物売りがいる。ガソリンをのんで火を噴く男。剣のような針をグサリと腕につき刺して一滴の血もださない男。胸で鉄鎖《てっさ》を切る男。金魚鉢のトノサマガエルをのみこんでポンと腹をたたくと、ああら不思議、小川のように水が口からとびだして、カエルもいっしょにぴょんぴょんとびだしてくるという……ただそうやって、一日に何回かカエルをのんだり吐いたりして暮している男。歩道にチョークで円を書き、そこへヒョイヒョイと六枚の紙の円板を投げ、一ミリの狂いもなく円周内に並べてみせる老人。一回が百フラン。首尾よくかないましたら何と、ナポレオン・コニャックを一本進呈しましょう……というのに釣られて投げてみると、二枚、三枚はうまくいくが、四枚めあたりで、きっと紙板はかさなってしまい、老人はいたましげに、残念ですとつぶやいて、ブリキの銭箱に百フランをチャリン。天才を抱きながら歩道のわきにうずくまって、ただそれだけで一生をうっちゃってきた毅然たる老人。

夏になって、〝大出発《グラン・デパール》〟といってパリの住人がみんな南フランスへ日光を浴びに逃げだすと、レストランやキャフェは扉をしめ、イスをテーブルにあげ、街はからっぽ、まるで巨大な博物館のクジラの骨のようになる。そこへアメリカのじいさん、ばあさんが繰りこんで、緑したたるドルをふりまいて歩く。セーヌをガラス張りの〝蝿舟《バトオ・ムーシュ》〟が観光客を満載して上ったり、下ったり、せっせとかせぐ。その舟に夜乗ると、おもしろい。舟のサーチライトが中之島《イール・ド・ラ・シテ》のノートル・ダム寺院の尖塔を夜空に壮大に浮びあがらせるが、その光芒がひょいとずれると、河岸で生きるよろこびにふけっている男女の姿が、ふと、とらえられることがある。女は顔をそむけたまま手をふってみせる。舟ではクスクス、ワヤワヤ、アッハッハッハ。もっとよく見ようと目をこらしたとたんにサーチライトが消える。あとは原生林の闇。口ごもった失望。怒り。アメ玉をとり上げられた子供の不平。舌うちの声。それからふたたび、クスクス、ワヤワヤ、アッハッハハハ。

冬でもノエル（クリスマス）になると、みんなどこかへ消えてしまう。サン・ミシエル通りでは焼きグリ屋が〝マロン・ショオ〟（熱いクリ）、〝マロン・ショオ〟と叫ぶが、客はあまりいない。廃兵たちが小屋を並べて輪投げ、射的、投げ矢の店を張るが、学生たちの目は寒くて、うつろである。私は焼きグリを買ってキャフェに入る。亜鉛張りのコントワールに紙袋をおいて、一個ずつむいて食べる。焼きグリは白ぶどう酒によくあうのである。熱でしびれた指さきをフッ、フッと吹いたり、耳たぶをつまんだりして一個ずつむきだし、かすかな甘さのある粉が口いっぱいにひろがったところを風船玉《バロン》グラスの白ぶどう酒で洗い、グビリ、グビリとのみくだす。それから霧粒で曇ったドアをおして歩道にでると、カタツムリか、ムールを安くてうまく食べさせる店はないかと物色にかかる。いつかムールは蚤の市のはずれの屋台で食ったのがうまかった。貝殻をハサミがわりにして身をはさみだすのである。日本では貽貝《いがい》といわれている黒い二枚貝。それを、大なべでグラグラ湯をわかしたなかへひとつかみほりこみ、バターをちょっぴり、塩をひとつまみ、パセリのみじん切りをひとつまみ、あとは貝が開いたところでざっとひきあげ、深皿に盛って供す。

ジャガイモの揚げたのをつまみながら、暗い裏通りをコツコツと靴音たてて歩くのも楽しいことである。ベルリンの揚げイモのほうがカラリとしているし、ロンドンのチップスはイワシもまじっているが、パリのは少し水っぽくてやわらかいようである。イギリス人はポテト・チップスは三流のエロ新聞に包んでもらうとおいしいが、『タイムズ』などで包んでもらったらてんで味がないといっている。

マチュラン屋のすぐ近くに奇妙なシャンソン小屋があった。壁にとつぜん小さなドアがついていて、それをあけるとほの暗い灯のついた穴があき、なかはカタツムリの殼にも似た小さな、小さなキャフェだった。何人かの男女がピアノのまわりにすわって、ひそひそ話しあいながら酒を飲み、一人の男がピアノをひきつつうたうつぶやくようなシャンソンに耳を傾けていた。男は何か残酷さと愛を編みこんだ歌をひくくうたってピアノをたたいていたが、ひとくさりうたうと、ふと顔をあげて室内を眺め、

「今夜はノエルで、家族のようですね」

とつぶやいた。

サン・ミシェル橋をわたってちょいとノスと中央市場《レ・アル》がある。未明のそのざわめき。レモンや野菜や鮮肉の香り。トラックのうなり。人の叫び。歩道にかがんでカチンと割り、レモンをチュッとしぼりかけて、スプーンでしゃくう立ち食いの生ウニの味。労働者たちとまじってコントワールで食べる玉ネギスープの大碗のあたたかさ。ゴムのようにのびるそのグリュイエール・チーズの舌ざわり。ジャガイモのピュレにまぶして食べる黒い血腸詰めのモロモロした感触。頭をツルツルにそった遊び人。ゴミ箱

にむらがる野良ネコのギョッとするようなたけだけしさ。チップが足りないといって、〝そうれ、そうれ、ホラ、ホラ〟と催促したサン・ジェルマン・デ・プレの地下キャバレーの老いた給仕。右翼テロに抵抗して、〝O・A・S、人ごろし〟と叫びつつ腕を組んでまっ暗なバスチーユ広場に突進していった、おそろしく生まじめでヤボな貧しい人びと。全身を皮で固め、ブラック・ジャックをふりかざして、それにおどりかかった機動警察の残忍さ。兇暴さ。〝ゲシュタポ！……ゲシュタポ！……〟と叫びつつサン・トノレ街を走っていったレインコート姿のおかみさんの叫び声。その人ごみのなかをかいくぐりつつ、だぶだぶのオーバーに足をとられそうだった小さくて老いたヤブニラミのサルトル……

ノートル・ダムの正面の広場のまんなかに小さな真鍮の円板が石にハメこまれてある。それが全フランスの里程標の基点である。フランス人は同時にそれが世界文化の出発点だとも感じている。いいつたえがあって、その円板を踏んだ人は、ふたたびパリへもどってくるという。円板は数知れぬ男女の靴さきにつかれて、へこみ、すりへっている。私はスーツケースをさげて空港行きのバスが待っているアンバリッドへいく途中、セーヌ川をわたり、そこへいって円板を一つ踏みつけた。地下の納骨堂の上であろう。

〝では、また。タケシ〟

ひめやかなささやきを靴さきに聞くような気がした。そして、その瞬間にも、橋の下をたくさんの水が流れ、去った。

飲むならサロン・パリかオツネンマイだ

〝南西諸島〟という字を見ると、さしあたって沖永良部島などという名が浮かんでくるが、ほかにいくつも島はある。そういう島はサンゴ礁にかこまれていることが多く、港ができないので、鹿児島あたりから大きな船がくると、礁《リーフ》の外に停泊する。島から人びとは小舟にのりこみ、手漕ぎで漕いで礁の外へでていき、荷と客をうけとる。さきに荷をつみこんでから、つぎに客をうけとることになるが、波がやってくるのを待ち、小舟が波にのせられていちばん高く持ちあげられたところを見て客はピョンと跳ぶ。島人たちはニコニコ笑い、ヤイ、ヤイと声をあげてよろめく客の手をとる。〝ヤイ〟はここでは嘲罵《ちょうば》ではなく、歓迎の言葉なのである。

リーフの内部は塩辛い湖といってよいほどの澄みきった静穏な浅海である。晴れた空にはいつもおなじ場所におなじ形でと思いたくなる積乱雲の白い峰や城がそびえ、島はひっそりと静まりかえり、ガジュマルの林が壁のようにつながっている。渚にはその緑と白い砂のほかに何もないと、すぐ眼が思うが、壁、家、屋根、電柱、自動車などにさえぎられることに慣れた視線はかえって不安をおぼえる。足跡もなければ汚《し》みもない砂を踏んでいくと、やはり鮮烈と不安をおぼえさせられる。そんな静かな、清潔な始源の渚にとつぜん、たった一軒、小屋が建っている。小屋の屋根は波形トタン一枚だが、そこに片仮名で字が書いてある。

《サロン・パリ》と書いてあるのだ。微苦笑をこらえつつ小屋に入っていくと、バーだとわかる。よく陽焼けした、甘栗のような丸顔の、眼の黒い娘がでてきて、はにかみつつ微笑する。酒を、というと、大きなシャコ貝をとりだし、そこへ一升瓶から黒糖の焼酎をなみなみと注いでくれる。シャコ貝の殻には底がついてないから、両手で持たないことには酒がこぼれてしまう。一滴のこさず飲み干してしまうまで両手で持っていなければならない。つまりそれは南方の馬上盃である。黒糖からとった焼酎は素朴な酒で、口あたりは柔らかいけれど、シャコ貝一杯分を飲めば、弱い人ならたちまちくたばって寝こんでしまう。娘はそれを見て、いいお客さんだとよろこぶ。

そんな島があるのだと、いつか奄美大島の名瀬へいって島尾敏雄さんと酒を飲んでいるときに教えられたが、まだ私は訪れていない。その島の名を聞かされたのに忘れてしまった。どこかしらシュペルヴィエルの『沖の小娘』を思いだしたくなるようなのだが、島尾さんの話を聞いているうちに、ありありと光景が見えた。《サロン・パリ》などという字は東京では垢と脂にまみれきって睫毛《まつげ》にもひっかからないけど、そんな島の、そんな渚に下手なペンキでとつぜんあらわれたら、きっと両手の荷物をおとして大声で笑いだしたくなるだろうと思う。いつごろからか私は銀座でも新宿でも飲まなくなり、酒場のツケをいっさいがっさい清算し、人からも誘われず、人を誘うこともなく、飲むとなればもっぱら部屋にたれこめて一人でチビチビと大酒にふけるようになっていたが、夜ふけの壁を眺めていると、ときどきこの晴れた島と小屋と字が見えてきて、ひととき愉しかった。これはやっぱり酒を飲む場所として最高のものの一つだと思う。はるばるでかけていって現場にたつよりはこのままにほっておくほうがいいように思う。遠きにあって夜の壁を眺めつつ想像とたわむれているほうがいい。

真冬に知床半島へでかけると、羅臼の小さな町は軒まで雪に埋もれている。その雪は札幌や小樽のように煤塵《ばいじん》でまッ黒になったり、ぬかるんでびちゃびちゃ膿《う》んだり、雪やら泥水やらけじめがつかなくなったりしていないで、結晶の角という角が刃のように鋭く尖っている粉雪である。吹雪を正面から浴びると顔いちめんが傷だらけになるかと思いたくなるが、服についたのはパッと手で払うと、サラサラ落ち、濡れもせず、からみつきもしないのである。そして、ここで吹く風は、これまた風そのものである。羅臼は背が山で腹が海だという狭い狭い荒磯の町だから、風は山から吹こうが、海から吹こうが、家鳴り震動のすさまじさである。巨人が空にたちはだかって力まか

せ気まぐれに足踏みするかのようである。ちゃちな旅館のフトンのなかでその物凄い

音を聞いていると、いまにも屋根が剝《は》がれ、柱が折れて、フトンごと空へ持っていかれるのではあるまいかという気がしてくる。

　風のおさまった夜に飲み屋へでかける。凍てついた道に足をとられないよう、一歩一歩踏みしめてゆっくり歩いていき、雪の壁のなかに灯のある穴を見つけ、ガタピシのガラス戸を手繰《たぐ》って店内へ入るのである。土間にはスコップだの、自転車などがおいてあり、壁には藁《わら》靴、古鉄砲、ちぎれちぎれのクマの毛皮、トドの皮などが無造作に釘で張りつけてある。煤けた低い天井からは飴色にテラテラ光る干し鮭や、ニシンやホッケの干物の束がぶらさがっている。ここはルンペン・ストーブとタバコと人肌であたたかいが、裏の便所へいってみると、これがなつかしい古式一穴落下法。足と足との間から壺をのぞいてみると、闇のなかに白い尖塔のそそりたっているのが見える。すなわち雲古が凍ってモンブランになり、その表面に御叱呼が磨きをかけて、カチンカチンの氷の塔になっているのである。便所のすみっこには先端の尖った古鉄の棒がたてかけてあるから、塔が育ちすぎて穴からでてきそうになったらそれで砕きなさいというのである。ためしにやってみるとカンカンと音がして何の匂いもしない。

　部厚いナラの古材の削りっぱなしに肘をついてやおら飲みにかかるが、場所が場所だから甘ったるいベタ口よりはキリッとした辛口でいきたい。それがないのならいっ

そ焼酎のほうがありがたい。ジワジワと腸の襞々《ひだひだ》から熱が全身にまわっていくのを感じつつ壁ぎわを見ると、天井まで幾袋ともなく米袋がうず高く積みあげてある。すなわち、越年米である。冬籠りの食料である。一年の労働の果実である。これは〝エッネンマイ〟といわないで〝オツネンマイ〟と呼ぶのが正称であり、通《つう》であると教えられる。どっしりとした米袋の壁に守られて酒を飲んでいると倉のネズミか穴のクマになったようだが、人、酒、家、海、山、風、ことごとくが元素に還元されたような、簡樸で剛健で渋いけれど壮《さか》んな男のあたたかい血の音にかこまれているような、すみずみまでしみじみとした安堵がひろがって、いつまでもすわりこんでいたくなる。

南か、北である。飲むなら。

珍酒、奇酒秋の夜ばなし

一

秋となったが都市に暮しているとそれこそ名ばかりで、季節などはせいぜい暑がるか寒がるかで判別するだけである。新聞、週刊誌、月刊誌、グラフ雑誌、何を読んでも書かれてあることの背後に感じられるのは貧寒と枯渇ばかり。雑巾で顔を逆撫でされるような、酸にじわじわと犯されるような、眉にも手にも汚《し》みのついたような感触に占められて一日が過ぎ、黄昏となる。えいくそ。ママヨ、一杯といきたいのだが、それがまた人なみでない体だから酒を厳禁されている。手のおき場所がない。指が何をにぎったものかと宙に迷う。わびしさと焦躁が荒寥のうちにこみあげてきて、いてもたってもいられなくなる。

だから、今日は、酒の話を書いて、鬱を晴らすことにする。それもマトモな酒ではなくて、チクリと想像力を刺激されそうなのを選ぶことにする。まともな酒でも、たとえば十年前なら、おれは一九三五年と三七年のロマネ・コンティを飲んだことがあるといえば、ちょっとは耳をたてる人もあり、大きな顔もできたのだが、近頃のワイン・ブームのおかげで、金さえだせばたいていの銘酒が飲めるようになり、ときにはそれは空恐しくなるほどである。ワインの輸入業者から送られてくるリストを眺めるとそれこそ一滴一滴が宝石であるような逸品がずらりとならんでいて、わが国はこんな贅沢品を飲んでいられる身分ではないはずだがと、傾けた小首のあたりが何やらウソ寒くなってくる。ほんとの贅沢とはこんなことではないのだがと、またまた心が酸に犯されそうになる。

それはそれとして。

《アルコール》という言葉はアラビア語から起り、原義は、たしか、物の本質を抽出するというようなことだったと思うが、アラビア人だけではなく、あらゆる人種があらゆる地帯で酒精にさまざまな物を漬けてたわむれた。花、果実、草、根、皮、それぞれ思いつけるかぎりの物をほりこんで、ああでもない、こうでもないと秘儀にふけってきた。中国の竹葉青酒は竹の葉だし、ポーランドのズブロヴカはバイソン・グラスという野牛の好きな草だし、スイスのエンチアンはリンドウ、フランスのペルノーは茴香《ういきょう》で、といったぐあいである。こういう酒はあげればキリがない。それこそ秋の夜ふけに瓶から瓶へ、グラスからグラスへと気ままに放浪してきた友人とそれぞれの酒を飲んだときの思い出をかわしあったら千夜一夜となることであろう。

しかし、酒精に浸すのは何も植物だけではない。動物もふんだんに活用される。それも、原形のままやら、骨や腱などやら、エキスやらと、なまじっかではすまないたわむれようである。いちばんありふれているのはマムシ酒やハブ酒などで、誰もがすぐ思いだせる。日本でも中国でもフランスでもアメリカでもこれはやっていることだが、たいてい毒蛇が使われて、シマ蛇や青大将などが使われる例はほとんど耳にしたことがない。毒蛇でなければ薬効は生じないのだとする考えかたがどこでもおなじらしいのである。

中国の広西省に産する三蛇酒というのは過樹榕蛇、金脚帯、飯鏟頭の三種の蛇でつくるが、このうち二種が猛毒の持主である。飲むと神経痛が治り、もりもりとリキがつくとされている。五竜二虎酒という酒には眼鏡蛇、金環蛇、銀環蛇、飯鏟頭、金脚帯の五種の蛇が入る。こういうのは字を見ているだけで何やら凄味があり、めでたい兆しで体があたたかくなってきそうである。香港にはこの種の怪力乱神がおびただしくあるので注意深く歩いていたらムクムクしてくる。いつか朝日新聞の秋元カメラと蛇胆酒をためしたことがある。これは文字通り蛇の生胆《きも》をその場でぬきとって白酒(焼酎)にとかして飲むのである。薄暗い店内には壁ぎわに天井まで木箱や竹籠がつみあげてあるが、どれにも猛毒の蛇がうじゃうじゃとうごいている。おっさんは器用な手つきで一匹ずつとりだし、バンドの穴をあてるよりも素速く胆嚢をさぐりあてると、プツリと鋏を入れて、茶碗へひねりだす。そして蛇をドンゴロスの袋へほりこむ。蛇の胆は薄緑色をした小さなものである。それをつぶしてまぜあわせ、白酒にとかして、グッと飲みこむ。何やらホロにがいけれど妙な脂臭さはない。やがておなかがチクチクとめざめてうごきはじめるが、これは白酒のせいだろう。

胆をぬいたあとの三匹の蛇はクネクネとドンゴロス袋のなかでもがいているが、おっさんはそれをこちらに持たせ、向いの料理店を指さして、あれは弟がやってる菜館です、これを持っていきなさい、うまい鍋料理にしてくれますよという。どんな素材でも徹底的にこなしつくす彼らの精神に毎度のことながら私は感心する。蛇がうまいのはやはり冬籠りで脂ののったところだとされているが、ちょうど菊の季節である。南方中国人は蛇を食べると女の眼が美しくなるといういいつたえを持っていたと思うが、その肉はよくひきしまっていて、かなりのものである。ヴェトナム人も蛇は大好きで、ことにデルタ地帯の中心地のミトは蛇料理と麺料理のうまいことで有名である。彼らは彼らで、蛇は骨からいいスープがとれるという。ゲテモノ扱いしてはいけないのである。このあたりでは蛇や田ンぼの鼠はたいした珍味であり、御馳走なのである。事実、どちらもうまい。

バンコクでは毒蛇の王様のコブラを粉にしたのを瓶につめて売っている。これを二匙か三匙、焼酎にとかして飲むと、体が火照ってきて、真冬に素ッ裸で寝ても風邪をひかないし、女をたいそうよろこばせてやれるというのである。このコブラ・ウィスキーは、ちょっとヤニっぽいような、焦《こげ》くさいような香りがするけれど、結構いける。ただし、私自身には、さっきの三蛇胆酒もこのコブラ・ウィスキーも、いっこうに瑞兆を見せてくれなかった。マムシ酒も、ハブ酒も、トンとそれらしいところを見せてくれなかった。おれはそんなものの助けを借りなくたっていいのサと内心いい聞かせて、気にしないことにしたけれど、何やら一抹のさびしさをおぼえたのはどういうわけだろう。

しかし、ときにはミートする体質の人もあるらしい。秋元カメラが社の友人の一人に進呈したところ、何日かたってその人がニコニコ笑いつつやってきて、きいた、きいた、バッチリきいたといったそうである。それからしばらくすると、またその人がやってきて、今度は、もう一瓶ないかとねだったそうである。どうもその眼と声は本音であってポーズではなさそうだ、やっぱりコブラはきくらしい、笛も吹かないのにたったそうだと、しきりに秋元カメラは感心していた。

次回はコブラの〝鞭《ペニス》〟の話である。

二

前項で中国の広西省には五種の蛇を入れてつくった五竜二虎酒という酒があると書いたが、そのうちの一種は〝眼鏡蛇〟である。これはコブラのことである。この蛇はこぞんじのように昂奮すると上半身をたて、首のうしろを巾着のようにふくらませる癖がある。そうすると左右に一コずつ輪紋がくっきりとあらわれる。そこから中国人はこの蛇のことを〝眼鏡蛇〟と呼ぶようになったのだと思う。

たまたま妻が台北へ旅行をし、乾燥牛肉や、豚肉をトロロ昆布のように仕上げた肉腐や、豚の足の腱の干物などを買って帰国したが、そのなかに眼鏡蛇の鞭《ペニス》の干物という珍物がまじっていた。説明書を読むと、これを白酒（焼酎）に漬けると壮陽補腎に何よりの酒ができると書いてある。これは面白いというのでさっそく焼酎を買ってきて漬けてみたところ、しばらくして濃い紅茶に似た色に染まってきて、どうやら飲み頃である。バンコックのコブラの粉の瓶詰も焼酎に漬けるとおなじ色になったが、鞭を漬けてもおなじ色になるのはちょっと不思議な気がする。

「どうしてでしょう？」

「よほど精が強いんだろう」

「干物ですよ」

「いよいよ濃縮されたんだ」

「精のコンクやね」

「君、飲んでみろ」

「いえ、あなた様から」

「レディ・ファーストだ」

「いえ、あなた様から」

台所のすみっこにたって広口瓶から一杯、汲みとって、すすってみる。この種の酒にありがちな、妙な生臭さや脂臭さは何もないが、さりとて舌を鳴らすほどのものでもない。瑞兆のほうはどうかというと、その夜は飲んだことも忘れてただの惰眠におちてしまっただけである。

ところがためしに武田泰淳さんにこれを進呈してみると、進呈したということも忘れてしまった頃、某誌の対談でお目にかかると、眼を輝やかせて、きいたぞ、開高君、あれはとてもきいた、とおっしゃる。その眼とその声にはその頃しきりに各箇処での地盤沈下をひそひそ嘆いておられたさびしさがなく、どうやら満々の自信がほの見える。そればかりか、ニコニコ微笑して、まだ残ってたらぜひ欲しいなとおっしゃるのである。さっそく妻が新しい瓶につめかえて走ったが、その結果はどうだったのだろう。あれは『快楽』の完成の頃だったと思うが、両者には何か深夜、関係があったのかしらと、いま思いかえしているところである。

ハブもそうだが、コブラもペニスは妙なことになっていて、ダブルである。二本あるのだ。鯨のそれに似て先端は鉛筆のようにとがっている。しかも、亀頭環とおぼしきあたりには逆トゲが何本も生えているのだ。つまり釣鉤の顎とおなじになっている。つっこんだらそれがひっかかってスポリと抜けないようになっている。先様がパックリ大口あけて吐きだしてくださらないかぎりコブラの彼氏はただコトが終ったからといって彼女からはなれたり、ごろりと向うむいて寝返りをうって高イビキをかくということができないようなのである。彼女がすっかり満足して飽きるまで彼氏はむさぼられるままにむさぼられてジッとよこたわっているしかないようなのだ。しかもそれが一本だけではなく二本もあるのだ。古人が蛇性の淫といったのはこういうことを観察したからではなかろうか。

卒然として何か教えられた気がした。

蛇のほかにも中国人はさまざまな動物の部分や姿のままを酒精に漬けて例の徹底癖からの探求にふけっている。その多彩。その微細。いまその道の文献を読んだり、香港や、シンガポールや、上海などで目撃した酒店の棚を思いかえしたりしているのだが、他の民族にはちょっと見られない壮観である。農民や漁師や樵夫などがめいめい勝手にこっそり手作りで探求にふけっている例は他の民族にもおびただしくあるだろうし、日本人にもおびただしいだろうけれど、中国ではそれらの奇酒、珍酒がことごとく国営企業として大々的に探求、製造、販売されているという点が破天荒にユニークなのである。

蛤蚧酒というのはイモリにそっくりだがずっと体の大きいトカゲを入れた酒である。三蛇酒、五竜二虎酒は前回に書いたように蛇酒である。虎骨酒は虎脛を入れた酒である。ほかに木登りトカゲを入れたの、ゲンゴローを入れたの、ニワトリを入れたの、タツノオトシゴを入れたの、冬眠のガマ、スッポンのエキス、クマの掌、雌鹿の尾、これらさまざまのものそれぞれに花、果実、草、木、根、皮、無数の香辛料や薬用植物をあしらって、味、香り、舌ざわり、そして何より薬効と愉しみをめざしての百酒斉放、百佳争鳴ぶりである。いずれ私は眼薬程度にもせよ酒が飲めるようになったらこれを一本ずつ蒐集して解釈と鑑賞にふけるつもりでいるけれど、一杯ずつ飲むにしても何年かかったら全種目をやれるだろうか。冬眠のガマを入れた酒を飲んだあとでタツノオトシゴを入れた酒を飲んだらいったいどんな結果になるのだろうか。さめた粗茶をすすりすすり黄昏の窓を眺めてうつらうつら考えていると、やれ、ありがたい。いつとなくしらちゃけた時間が過ぎて、柔らかい夜にすべりこめる。

講演旅行のときに陳舜臣さんと味覚の雑談をしていて、たまたま私が東南アジアの田ンぼに棲《す》むネズミの美味を説いたら、陳さんはその場で反応を示し、あ、そのネズミを酒に入れたのがあると、いいだした。ネズミが姿のままで酒瓶に入っているというのである。これにはおどろかされたが、茫然としていてはいけない。鉄は熱いうちに打て。翌朝さっそく若干の研究費を封筒に入れて陳さんにさしだし、何とか一本買って東京へ送って下さいと申し入れた。陳さんは快諾してくれたが、東京へ帰ると、さっそく神戸から電話があって、陳さんが華やかな声をあげた。

「……例のネズミ酒はレッテルを見ると、『田乳鼠』と書いたあるワ。田ンぼのネズミの子やね。そのほかにもう一本、もっと凄いのが見つかった。人間の胎盤を酒に入れたちゅうねン。こちらは瓶のなかは酒だけで胎盤は姿で入ってへんけど、レッテルにはそう書いてある。どんな薬効があるのか知らんけど、送ってみるよってに、飲んでごらん」

驚愕、狼狽、感動の声で私は感謝して受話器をおき、書斎にもどる。さめた粗茶をすすりつつ、黄昏の窓を眺める。地大物博。奇想天外。非凡無類。？？！！。産院に酒屋がくっつくとは……

さすがである。

さすが。

三

前項で紹介した中国のネズミ酒と胎盤酒がいよいよ陳舜臣さんのところからY新聞の野村氏の手でもたらされたので、この回はそれらに捧げることにする。ネズミ酒は正しくは『田乳鼠仔酒』という。広東の特産である。田ンぼに棲むネズミの赤ン坊を酒に漬けたものである。瓶のなかに一〇匹か一五匹ほどかわいいネズミの毛のない赤ン坊がかさなりあって沈んでいる。酒の色は薄い黄色で、瓶を倒したり起したりすると、こまかいモロモロがネズミといっしょに浮沈する。レッテルがなかったらネズミの赤ン坊のアルコール漬と見えることだろう。

ネズミの赤ン坊と書いたが、よく見ると、毛は一本もなくて、すでに耳や尻ッ尾は生えているけれど、眼ができていない。眼のあるべき部分はちゃんとわかるが、閉じている風情だというのではない。これは田ンぼに棲むネズミの胎児なのだろうか。それとも生まれたばかりで泥と藁の暗くてあたたかい巣のなかでお母さんのオッパイをもぐもぐまさぐっているところを捕えられたのだろうか。そうなれば眼は閉じてはいてもちゃんとできていることが見えるはずだが、それが見えないのだから、おそらく胎児なんだろうと思いたいところである。

胎盤酒は正しくは『胎盤補酒』である。〝タイパンプウチュウ〟である。広西省の産である。これは瓶のなかに胎盤は入っていず、ただ、酒だけが入っている。酒はややにごった紅茶といった色をしている。マムシだろうとタツノオトシゴだろうと、すべてそういうものを草根木皮といっしょに浸漬してつくった酒のことをわが国では〝薬酒〟とか〝薬味酒〟というが、中国では〝葯酒〟である。だからネズミ酒も胎盤酒もレッテルには功能がいろいろと書きこんであって、じっさいどれだけキクのか、キカないのかはわからないけれど、字面《じづら》を眺めていると、何やらほのぼのしてくる。おそらく一杯や二杯たまに飲んだからといってたちまち、ノ、キイテキタとなるのではなくて、日頃からチビチビと欠かさずに連用していたらそのうち何となく壮陽補腎の効果があらわれるというのがこの種の薬酒の特徴である。しかし、とにかくレッテルにはいろいろとうれしいことが書きつらねてあるので、これを読んでみると、ネズミ酒は血をいきいきさせて顔の艶をよくするという。パワーの不足を補い、リューマチを治し、産前、産後、病後によろしいのだという。いっぽう胎盤酒のほうはさらに精緻で広大である。

人の胎盤は別名を〝紫河車《しかしゃ》〟と呼ぶ。昔から本草学で貴重がられてきたが、明代の碩学、李時珍の『本草綱目』には男女を問わず人体いっさいの〝虚〟と〝損〟にきくとあるのだそうである。肺、心、脾、肝、腎の五つの内臓と気、血、筋、肌、骨、精の六つのものの不振に胎盤は補養の卓効がある。それを酒に入れ、十数種の〝貴薬材〟を混ぜてつくったのがこの酒である。ベースとなる酒には〝純正米酒〟を使ったとある。武田泰淳氏にはキング・コブラの鞭《ペニス》の酒がとてもきいたそうだからつぎにこれをさしあげてみようかと思う。のんのんズイズイということになるかもしれない。

某日、午後、佐治敬三夫妻の来訪があった。久しぶりでお目にかかるので、よもやま話のついでにさっそくこの二本の瓶をお見せし、説明にかかる。夫人はネズミ酒をチラと見るなり、こちらが産前、産後にききます、病後にもききますと申上げているのに、聞かばこそ。たちまち、キャァと声をあげ

「……カンニンしてぇ！」

のかわいい悲鳴。

氏は動ずる気配がない。ウム、ウムとうなずきながら眼鏡をはずし、瓶を手にとって起したり倒したり、ネズミの赤ン坊が浮きつ沈みつするありさまをしげしげと観察なさる。かなりの酒徒でもこういう怪力は聞くか見るかするだけでたちまちゲテだと眉をしかめるか、そっぽを向くかしそうだが、格物致知の精神はさすがである。氏の近著の『新洋酒天国』は世界の酒を飲み歩く遍歴記だが、ただの飲み歩記ではなくて、実見、実証に学と理と直覚で厚い裏うちがしてある。

〝洋酒〟だけではなくて中国にもいってちゃんと各種の中国酒を飲み、とくにプタウチュウ（ぶどう酒）については歴史の研究が深い。近頃よくある早出来の孫引きブックではなくて極上中汲みのいいコクが艶光りしている真書なのである。

そのうち話がネズミや胎盤からはなれて漂よいはじめ、コニャックのことになった。コニャックの名家の屈指の一つはマルテル家であるが、そのマルテル本家の常飲用のコニャックを売ってる店がパリにたった一軒ある。パリには酒屋が何百軒とあるが、その瓶がおいてあるのはその店だけである。レッテルには色も画もなく、ただ手書きで〝グランド・レゼルヴ〟とあるきりで、一昨年、パリへ講演にいったとき、一本だけ買いました。

佐治氏はいっこうに話を聞いても動ずる気配なく、ニヤリと含み深くわらった。そして一肩乗りだし

「上には上がある。そいつのも一つ上のがある。オレ、マルテル家へいったときに一本もろてきたんやけどな。これは御秘蔵中の御秘蔵、プリヴァのプリヴェやね」

その瓶にはレッテルが貼ってあることはあるけれど、酒名も何も書いてなくて、ただ年号がそっけなく書いてあるきりで、こまかい数字は忘れたけれど、たしか十九世紀中葉の頃とおぼえていると、氏はおっしゃるのだ。そういうヤツなら、いつか、〝モンテスキュウ侯爵〟と書いただけのを一杯だけ飲んだことがありますよと、小声でいうと、氏はちょっと考えてから、やはり小声で、ニセモノかもしれんナと、おっしゃる。

これくらいの古稀の逸品となると、美術品か骨董品であって、飲むよりは眼で見て

愉しむものかもしれないが、そうと知るとこちらも格物致知の衝動がこみあげてくる。『新洋酒天国』が売れて二版になったらそれを記念して一杯だけすすらせて頂けませんか。私の舌にも一世紀を一瞬味わわせてやりたいのです。そのかわりこちらもネズミ酒と胎盤酒を提供しましょう。どちらも日本人ではめったにないことですから、その、稀れの光栄をわかちあおうじゃないですかと、持ちかける。氏はニッコリ笑い

「よっしゃ。約束しよう」

とおっしゃる。

さてそのときの偉大なるコニャックと奇にして善なるネズミ酒および胎盤酒の飲み心地。東西二大宗の酒品についてはまたそのときのおたのしみ。乞御期待と申上げます。

酒瓶のつぶやき

⅓は、水に流す
⅓は、大地に返す
⅓は、敵にあたえる

バンコックにいるときにそういう諺《ことわざ》めいたものを聞かされたことがある。男の収入の三分法、男の金の使いかたを教えた言葉だそうである。第一の《水に流す》とは酒を飲むこと。第二の《大地に返す》とはヘソクリである。金を壺に入れて土に埋めてかくしてしまうこと。第三の《敵にあたえる》とは妻にわたすことだそうである。万事静謐を尊べと教える小乗仏教、雨の檻のようにギッシリと隙なく戒律をつくって人をうごけなくしている小乗仏教が酸素や窒素にくっついて空気をつくっているはずの都でも妻のことは率直に《敵》と呼んでいるらしい。二度ほど念のために聞きなおしたのだけれど、そうです、そう呼んでますとの答えであった。やっぱりこれは万国共通というものだろうか。

若いときは風呂に入ると湯がアルコールの匂いをたてるくらい酒を飲んでも何とか耐えられたが、夕陽のなかをとぼとぼ歩く年齢にさしかかると、ものおぼえがわるくなり、指さきがしびれ、カビのように倦怠感が全身にはびこり、人名、地名、書名など固有名詞をかたっぱしから忘れる。酒に弱くなる。すべてが水に流れ、流されていき、それに気がついてもとめようがない。金のこと、女のこと、何事も立つよりまえにすわることを考えるようになる。それが度重なると、いまいましくなってきて、エイ、くそくらえ、酒でも飲むかと、はやりたちたいのだが、そのときも酔うよりさきに味のことを考えたくなる。

そうなるとキックのきつい蒸溜酒よりは、おっとりとした醸造酒を飲みたくなる。ぶどう酒は酔いも醒めもなだらかな丘にそっくりだし、ほのぼのとした陽が血管に射すぐあいは春の温室に入ったようである。日頃から安物を飲みつけておくのが唯一の鑑賞のコツで、たまに上物にありつくと、香り、色、味、舌ざわり、酔心地、余韻、ことごとくこれほども違うものかと、愕然となる。この驚愕というものがいいのである。流れのなかの岩みたいなものなのである。固有なものに衝突する手ごたえ、手ざわり、その抵抗感が愉しいのである。君のようにいつもいつも年号物、シャトォ物、ロマネ領、サオーヌ流域、キジの羽色ばかりを飲んでいると、しまいにとろけてほんとに水に流れてしまうよ。悦楽にはいつも何かしらの剛健がなければならないのだ。常日頃には、いい安物を飲みなさい。いい安物を。

パリの学生町を朝早くふらふらと歩いていると、東京のヴァキューム・カーにそっくりの小さなトラックと出会う。タンクの腹に《飲め、ボージョレ》などとあるので、内容物が雲古でないとわかるが、はじめて見たときはつい、オヤ、ここでもとなつかしくなりがちである。たちどまって見ていると、チビた黄いろいタバコをくわえた運ちゃんが例の図太いゴム管をかかえてよちよちと歩いていき、舗道に出ている半窓にそいつをほりこみ、地下室へゴム管を送りこむ。地下室にはビストロのオッサンがいて眼をこすりこすりゴム管を大樽に入れる。運ちゃんが運転室にあがってどうかすると、たちまち唸り声が起り、ゴム管は舗道のうえで、ぐびり、ぐびりと、ひきつれを起す。そのぐあいは東京とそっくりだけれど、これは吸い出すのではなくて、注ぎこんでいるのである。現象はそっくりだが、本質はあべこべなのである。ここを早合点して日記によしなしごとを書きつらねると『新・新・新西洋事情』でやんわりピリッとやられるゼ。

この図太いゴム管でぐびりぐびり送りこまれたぶどう酒が〝風船玉〟と呼ぶグラスでパイ売りで飲ませてくれるが、しばしば、または、つねに、とはいわないまでも、ときに、なかなかイケるのである。アルジェリア産の赤がまぜてあるという説がもっぱらであるが、あれをまぜると酒の腰が張ってきていいんだという説も聞かされる。たしかにパリの学生は早稲田界隈の学生よりも安くていい酒を飲んでいる。立飲みの光景は似ているけれど、飲むものについては議論がわくことだろうと思う。これは率直に舌のつぶやくままに認めよう。ブレンドしたぶどう酒がいいかわるいかではなくて、モノがいいかわるいかだけの議論である。水割りは閉口だけれど、酒を酒で割ることにはなかなかの探究と手品が必要だし、それはそれであっぱれなことなのだから、私などはもっぱらこのぐびりぐびりの解釈と鑑賞に没頭したものだった。

川とぶどう酒については自分の国のが一番だと自慢したい心情の一例を、かつて、ルーマニアで経験した。ドナウ川はヨーロッパでもっとも大量に人を吞みこんで血を吸った川だとされているが、シュトラウスのワルツのせいか、どの国民も自分の国を流れるときドナウはもっとも美しいといいだす癖がある。この川はいくつもの国の岸を洗ってルーマニアで黒海にそそぐので、終着駅を受持たされたルーマニア人は当然のことながらこのときドナウはもっとも魅力があるのだと力説してやまないのである。オーストリア人もハンガリア人もこの川を讃え、この川の岸でできるめいめいのぶどう酒を自讃する。そしてその自讃は自惚れではない。オーストリアのぶどう酒もハンガリアのぶどう酒もそれぞれの個性とコクがあって、ヴァイオリンの呻吟、チャルダッシュのとどろきなどととけあい、忘れられない喚起力をひそめている。ルーマニア人はルーマニア人でカルパチア山脈の日光と黒海の風がぶどう酒に無上の火と精をつぎこんでくれるのだといって聞かないのである。私はその赤の豊満と円熟と張りが好きだった。ゆたかで、素朴で、強健だが、まったくしつっこくないのである。

フランス人とハンガリア人とルーマニア人の三人が集って一杯やるかということになったが、めいめいお国自慢に熱中して、何を飲んでいいのかわからなくなる。そこでネズミをつれてきて、まずフランス人がボルドーを一滴飲ませてみたら、ネズミはたちまち気持よくイビキをかいて眠りはじめた。つぎにハンガリア人がトカイを一滴飲ませてみたら、ネズミはとび起きて、もう一杯おくれと、叫んだ。さいごにルーマニア人がお国自慢を一滴飲ませてみたら、ネズミはとび起きて床で二度跳ね、ネコを一匹つれてこい、おいらはネコを殺してやるぞと、声高らかに叫んだ。

ルーマニア出来のそんな一口噺を聞いて笑いながら、脂が入ってゴワゴワした田舎風のソーセージの熱いのを『ピノ・ノワール』で舌から咽喉へ送っていると、血管におだやかな陽がみなぎってくる。カルパチアの金と赤の秋の日光も、黒海からの栄養塩を含んだ微風も流れこんでくる。

ぶどう酒を水で割るのは子供か病人の飲みもので、いい男は蛙じゃないのだから、そんなものは飲まない。《ヴレ・ド・ヴレ（正真正銘）》ならいうことなし。けれど、ぶどう酒にぶどう酒を加えたものでも飲んでうまければそれで成就。飲みながら宗教と政治の話はぜったいにしないこと。それだけ。

フランスの古諺を一つ。

水は酒をダメにする。
車は道をダメにする。
女は男をダメにする。

飲む

スタインベックの掌《てのひら》小説の一つに『朝食』というのがある。いきずりの旅行者が野宿している貧しい綿つみ労働者の一家に朝飯を御馳走してもらって、それがすんだあとまた旅をつづけるという物語で、文庫本にして五ページあるかないかというだけのものである。〝小説〟とも〝物語〟ともいえないし、〝ルポ〟というものでもない。もし記述ということばを使うなら作者がほんとに書きたくて書いたことがすみずみまでわかる、句読点の一つ一つにまで爽やかな息づかいのこもっていることがよくわかる、ある一瞬についての記述である。野外のひきしまった早朝の空気のなかでジュウジュウとはぜるベーコンの音がそのまま聞こえてきそうなのである。ただそれだけのことなのである。けれど、こういう絶品を読むと、文学はこれでいいのだと思わせられてしまう。

スタインベックではなかったかもしれないが、掌編で忘れられないものに、もう一つある。いま読みかえしていないのできっとおぼえちがいがあると思うが、私の記憶のなかではこうである。おそらく、ある夕方、一人の若者が放浪にくたびれて故郷《くに》の小さな町に帰ってきて、ある家の庭のよこを通りかかる。すると、一人の老人がホースで水を芝生にまいている。若者が垣にもたれて水滴がほとばしるありさまに見とれていると、老人がよってきて、ホースの口をさしむけ、一杯いかがといって若者に飲ませてやる。若者が飲みおわって手で口をふいていると、老人は

「何といっても故郷《くに》の水がいちばんだよ」

といって去る。

これもただそれだけの記述にすぎないのだが、『朝食』とおなじほどあざやかに記憶にのこっている。若者がどういう放浪をしたか。どんな国でどんな経験をしたか。いまその結果としてどのようにくたびれ、体のなかには何があるのか。そういうことは何一つとして説明してなかったと思うし、老人のこともほとんど説明はなかったと思うが、そのときの滴のほとばしりかたや水の味が白いページからひりひりつたわってくるようであった。かけがえのない感触が私の記憶にのこされている。

これも『朝食』とおなじほどの絶品で、金色《きん》に輝く脂の泡のなかではじけるベーコンを早朝の野外で食べてみたいと思いつめたみたいに、ある夕方、知らない人の家の垣にもたれて、くたびれた心身を荷物のようによこにおいてからゴクゴクとホースの口から水を飲んでみたいものだと思わせられたことだった。「一言半句をわれにあた

えたまえ」と叫んで木から体を投げた聖者があったと伝説けつたえているのだが、この二編のような文章のうちの一行でも紙に書きとめられたらと、よく夜ふけに思いかえさせられる。

知らない国に到着して宿の部屋に入ってから第一番に私のすることは水を飲むことだった。その水がうまいと、何かいいことがあるような気がしてシャツでも着かえて町へ散歩にでようかという気が起るが、まずいと何をする気にもなれず、そのままベッドにひっくりかえってしまいたくなる。水道の水がそのままうまく飲める国もあれば、湯ざましでなければダメな国もあり、その湯ざましに消毒薬の匂いのする国もあり、ミネラル・ウォーターを註文しないとやりきれない国もある。洗面所でひねった水道の水がそのままうまく飲める国というのはめったになくて、フランスでもドイツでも、それは飲んで毒だというわけではないけれど、何ともザラザラと舌にヤスリをかけられるようだし、飲んだあとに荒涼としたものがのこされる。この水でためしに紅茶をいれてから、さめたのを見ると、表面にまるで膜のように何かギラギラしたものが浮いているのを見ることがあり、鉄分なのだ、とか、石灰なのだ、と聞かされる。マズいけれど毒じゃないからお飲みなさいとも聞かされるが、茶碗に指をのばしかけてもついとまってしまう。

中国大陸や東南アジア一帯も水がわるい。このあたりで生水《なま》を飲むのはほとんど自殺行為だと考えられている。たいていは一度沸《わ》かしてから冷ました水、つまり〝湯ざまし〟を飲む習慣であり、そうでなければ暑いなかで汗をたらたら流しながら熱《あつ》いお茶をすする習慣である。湯ざましへさらに氷を入れたり、または瓶につめて冷蔵庫で冷《ひ》やしたりしたのを中国語で〝リャン・カイ・シュイ（涼開水）〟と呼ぶとか、お茶の冷たいのをヴェトナム語では〝ニョク・チャー・ダ〟と呼び、タイ語で〝ナム・チャー・ジェン〟と呼ぶなどとおぼえるのは、あのあたりを旅するについての必須の知識である。

このような地帯でことに田舎を歩きまわるには熱かろうが、冷《つめ》たかろうが、とにかくお茶を飲むのがいちばんである。甘いお茶、辛いお茶、いきあたりばったりだが、それも土瓶でくるか、薬罐《やかん》でくるか、魔法瓶と欠けコップでくるか、先様《さき》まかせだが、〝チャー〟のひとことがどう千変万化するかを眺めるのもたのしみのひとつではないか。

一九六八年に私がしばらく暮していたのはメコン河の支流の一つに浮かぶバナナ島で、戦争については選りぬきの最前線であったが、生活についてはようやく石器時代から鉄器時代に入ったという段階であった。鍋や釜や包丁があるところを見れば鉄器時代に相違ないが、小屋は竹を何本か土に刺しこんで周囲をヤシの葉の編んだのでかこっただけであり、敷居もなければ床板もない。小屋の床《ゆか》はむきだしの土で、ただ人の踵で踏みならされただけのものである。夜になるとその黒光りする土の一点がふいにむくむくして一匹のヒキガエルがランプに集るカやガを食べようと体をあらわしてきたりするのだが、それもたちまちヒトの指にさらわれ、翌朝のオカユに入れられたりする。

朝になって雲古をしようと思うが、だいたい紙というものが徹底して見つからないから、バナナ畑に入っていって、いたすこととなる。投下のあとはバナナの葉で御挨拶申上げるしかないのだが、バナナの葉というものは新鮮なのは肉が厚くて、広くて、ひんやりと気持よいが、ツルリとすべるのできっと何がしかの不安感がのこる。といって土に落ちて枯れきったのは繊維がむきだしでゴワゴワし、よく食いこんでくれるのはいいけれど少し痛いといううらみがある。だから、理想に近いのは、緑すぎず枯れすぎてもいないのを注意深く選ぶことであると、二日ほどしてからわかった。ラブレェはガルガンチュアに木、石、縄、思いつくかぎりの素材でお尻を拭かせて何がいちばんいいかと思案させているが、適切な状態にあるバナナの葉は紙の何番目かに好ましいものだと私は推薦したいと思う。

観察していると、この島でも湯ざましを飲むか、熱いお茶を飲むかしていた。生水を飲んではならぬという知識は永いあいだに身にしみたものとなっているのである。モンスーン地帯の亜熱帯では空気がむっちりとうるみ、強烈な陽が射し、小屋や木かげでじっとしているだけでも汗がじめじめタラタラと流れてくるのだが、そのなかで煮えたぎったお茶をすすっていると、それに慣れてしまうと、かえって汗を忘れることができるようなのである。汗を忘れるには徹底的に汗を流すのが一つの方法である。農民は手首まで袖のある黒のパジャマの上下を着ているが、熱帯だから白を着たらいいだろうにといいたくなるけれど、あまりに陽が強烈なので反射するより吸収してしまったほうがいいのであるし、手首までかくしてしまったほうが膚に痛くないのだと教えられる。

夜ふけに回想にふけっているとき、ずいぶんいろいろな国の水を飲んだものだと指を折ってかぞえたくなることがある。ふくよかなのもあったし、やせこけたのもあった。磨きぬかれたのもあったし、ガサガサのもあった。ひきしまったのもあれば、のびきったのもある。峻烈そのものといいたいのもあったし、まるで消毒薬を飲まされるようだったのもある。水は水素二箇と酸素一箇で構成されているかもしれないが、ほかにも微妙な味をたくさん含んでいて、その襞《ひだ》のこまやかさや深さをさりげなく背後にかくしてしまって何食わぬ顔で澄みきっているようなのが逸品と思われる。アメリカ人がはたらいているところにはきっと冷却蒸留水を飲ませる装置があり、紙コップをだしてボタンを押すとガラスのなかでポカリ、ポコッと大きな渦が起る。あの水はおそらく徹底的に清潔で衛生的なのだろうと思うが、まことに親切に冷やしきってあるにもかかわらず、何の味もしない。ふくみ味もないし、かくし味もない。輝きもなく、ふくらみもない。うんざりする。ただの、まさに《H_2O》である。それ自体は純粋の極なのかもしれないが、純粋がこれくらい味のない例も珍しい。

昭和四十五年の六月、七月、八月、私は仕事をしようと思って新潟県の山奥の銀山湖畔で暮した。ここは水道も、ガスも、電気もなく、一年の半ば近くが雪に埋もれるので、年賀状が五月に配達されるというような聖域である。その湖畔の林業事務所の小屋の二階にこもり、バターをさかなに焼酎を飲み、夜は石油ランプをともして本を読んだ。食料品はいっさいがっさい宿の主人が車を走らせて電発トンネルを十八もくぐって小出の町へ買出しにいくのだが、それにカドミウムだの、水銀だのが入っていたら（——おそらく入っているのだろう）どうしようもないが、湖畔にはスモッグもなければ農薬もなく、水は水の味がし、木は木であり、雨は雨であった。

黄昏になるとよく雨が降るのだが、そうなると雲とも霧ともつかないものがもうもうとわきたって流れ、小屋も、峰も、灌木林も消えてしまい、数知れぬ雨の格子がぎっしりたちこめ、ただ遠くで川の鳴る音がするばかりである。それを聞きながら小屋の二階で焼酎をすすり、じわじわと酔いがひろがってくるのを待っていると、部屋のすみに酸鼻といいたいようなものがうずくまり、おれはこのまま頭から朽ちてしまうのではあるまいかと、恐怖をおぼえることがあった。

ここでは私は超一流品と呼べるような水を飲んだ。山の沢《さわ》の水や、岩清水である。イワナを釣りに山道を歩いていると、よく岩壁があって、はるかな頂上の暗い林から一直線に水が落下してはしゃいでいるのを見る。あの水である。この年は寒冷がいつまでも去ろうとせず、六月になっても深山の襞《ひだ》ひだに雪がのこっていたが、その雪洞を覗くと、暗いなかに霧がわき、氷の天井からポトポト水がしたたり落ちている。この水は水晶をとかしたようである。純潔無比の倨傲《きょごう》な大岩壁をしぼって液化したかのようである。これを水筒にうけて頭や額にふりかけ、頭と手を洗い、さてゆるゆると飲みにかかる。いまのいままでフキの葉のあいだに小さな、淡い虹をかけていた水なのである。

ピリピリひきしまり、鋭く輝き、磨きに磨かれ、一滴の暗い芯に澄明さがたたえられている。のどから腹へ急転直下、はらわたのすみずみまでしみこむ。脂肪のよどみや、蛋白の濁りが一瞬に全身から霧消し、一滴の光に化したような気がしてくる。その体をこまめにうごかして、腰から鉈《なた》をぬき、崖を木の根にすがって上ったり下ったりしながらそこかしこに顔をだしているヤマウドの芽を集めるのである。宿に持って帰って山の手作りの辛《から》い味噌をつけて食べると、その峻烈なホロにがさが舌を洗ってくれて、どうにも酒が飲めてしかたない。

七月になって雪が消えてしまうと、イワナ釣りにはべつのたのしみが生じた。山道の岩壁のあちらこちらではしゃいでいる岩清水をよくおぼえておいて、どれがいちばんうまいか、どれをひいきにしようかと、考えるのである。いちばん澄んでいそうで、いつも水勢たくましく、量がたっぷりあり、もっとも高いところから長い距離を走ってきたの、そしてできることなら岩肌に淡い虹をかけてくれているの、そういうのを厳選して、なじみの店にした。そうなるといきつけの酒場の椅子のようにかわいくなってしまって、ほかの岩清水が飲めなくなってくる。釣りにいきがけに一杯飲み、今日は釣れそうだと、うれしい予感をもらい、帰りがけに一杯飲んで、頭や顔を洗う。そして、やっぱり釣れたよ、とか、てんでダメだったぞ、とか、いま一息ってところだった、などと胸のうちでつぶやくのである。こう親密になってはほかの岩清水がいくらはしゃいでいてもちょっと浮気ができなくなってくる。

七月、八月と夏が進むにつれて岩清水の顔や味や肌ざわりも変っていった。暑くなるにつれて水量がとぼしくなってやせてしまい、霧がわいたり虹がかかったりすることはなくなり、走りかたが弱くなる。そして、気のせいか、これまでになかった木や、枯葉や、苔の匂いが、すっかりゆるくなってしまった舌ざわりのなかにとけこんでいるように思えたりした。いわば水は、重くなったのである。無味の味であるべき澄明さのそこかしこの襞に、いままでなかったいくつかの味がひそむようになり、何からきたものであるか、その像が浮かんでくるようになったのである。

村杉小屋主人の佐藤進は、ひとこと

「衰えたぜや」

といった。

私が顔を洗いながら

「秋になるとまたよくなるんじゃないの」

とたずねた。

佐藤進はしばらく考えてから

「いや、やっぱり冬があけたところがいちばんです。何といっても、あれです。あの水には影が射してません。あれを味わった日には……」

といって黙った。

まだ岩清水に影が射していない頃、ある日、幽谷で釣りをしてから崖をよじのぼり、対岸にあるゼンマイとりの小屋にたちよって水を飲ませてもらった。ゼンマイとりの人は夫婦で深山にわけ入り、一日に何十キロとゼンマイをとり、徹夜でゆでてから日に干すのである。この人たちはきっと沢か、岩清水か、わき水のあるところに小屋をかける。そのとき飲んだ水もすばらしいものだった。すみずみまで澄明で、ふくらみがあり、ピリピリひきしまって輝き、私を一滴の光に変えてくれた。

「お礼に」

といってポケットにあったチーズを木の根株においたが、何となく、ひどい汚穢のような気がして、はずかしさをおぼえた。

九月になってから山をおり、上越線にのりこんだが、その車内で水を飲んでみたところ、ひとくちすすってどうにもがまんできず、コップをおいてしまった。

弔む

毎年、二月十四日には人にも会わず、電話にもでず、秋元啓一と二人で部屋にこもり、さしむかいで酒を飲むことになっている。部屋は私の家のときもあるが、ホテルや旅館のときもある。今年はお茶の水の旅館にこもっているので、そこの部屋で飲んだ。二日酔い、三日酔いになるくらい、徹底的にこの日には酒浸しになる習慣なので、翌日、翌々日がつらくてつらくてたまらないのだけれど、年に一度だというので、朝から肚に覚悟をたたきこんでおいて夜を待つのである。秋元啓一は朝日新聞の出版写真部のデスクをしていて夜もおそくにならないと体があかないから待ちどおしくてならない。今年は横井さんと札幌オリンピックの二つで厖大な数の写真をふるいわけて特集をださねばならないので彼はとっぷり夜になってからくたびれきった顔をしてあらわれた。しばらく会わないうちに日頃からやせているのがまたメッキリとやせ、眼のしたがたるみ、憔悴した様子である。

帳場に電話をしてコップ、氷、水などをとりよせ、まずヴェルモットの辛口《からくち》からはじめることとする。ウィスキーを飲む年もあり、コニャックでやる年もあるのだが、今年は私も部屋にこもったきりだし、心身ともに疲れてもいるので、おとなしいヴェルモットでぼちぼちと、とりかかった。氷と淡い金《きん》いろの酒に灯がうつる。

「七回忌だ」

「そうだね」

「七回忌なんだ」

「もう七年になるか」

コップが鳴る。

一九六五年の二月十四日の深夜に私たちはジャングルを脱出し、沼地をわたり、ゴム林をぬけ、水田をこえて小さな村にたどりつくことができた。村の道のうえにとけこむように倒れ、何も敷かないで眠りこけた。翌朝ヘリコプターがやってきて私たちはビエン・ホア空港まではこばれ、そこからジープでサイゴンのマジェスティック・ホテルへはこばれた。村の道で野宿したときはいつ夜襲があるかわからないし、ヘリコプターで飛んでいるときもいつ対空火器でやられるかわからなかったし、ビエン・ホア空港からサイゴン郊外をぬけてホテルへ私たちをはこんでくれたジープもフロントのガラスが狙撃されたために大きくヒビ割れていたり、穴があいたりしていた。

《助カッタ！》という短い言葉が全身にくまなくキラキラ輝くさざ波となって走り、いきわたったのは、ホテルのベッドへとびこんでからだった。乾いて、パリパリした、爽やかな、白いシーツのうえを、靴、野戦服、泥をつけたまま私はころげまわった。手と足であたりをたたいたり、にぎったりし、日なたでネコがよくやるように全身をこすりつけ、うねらせ、もだえたことをおぼえている。そうしたのだと私は思いこんでいる。

去年は『サムシング・スペシャル』といううってつけの銘のウィスキーを飲もうと思ったが入手できなかったので、やむなく『パスポート』というのを飲んだ。私と秋元啓一はよくコンビででかけていたからこのウィスキーの銘は気に入った。いつかの年には『ジャック・ダニエル』の黒を飲んだのだが、これには深くて柔らかい記憶がしみこんでいる。ベン・キャットの前哨陣地で作戦があるのを待って明けても暮れてもただ寝たり、起きたり、食べたり、おしゃべりをしたりというだけの日をすごしていた頃、ヤング少佐が一本くれたのである。これはすすって飲む唯一のバーボンです、嚙んで飲むバーボンですと教えられた。このテネシー・サワー・マッシュを知ったのはそのときがはじめてだったのだが、噂さは聞いても頭からバーボンぎらいだった私は飲んだこともなかったし、飲もうと思ったこともなかったのに、これ以後は親しい仲となった。ホテルや酒場で見おぼえのあるこの瓶を見かけると、どうしてもたちどまってしまう。椅子に腰をおろさずにはいられなくなる。そしてゴム林とジャングルの展開や、そのうえにひろがる壮烈、華麗な熱帯の夕焼や、どこかでクルミの実をうちあわせるような音をたてて鳴っている野戦電話や、夜の小屋の壁で鳴くヤモリや、ひきかえせ、まにあうぞと寝言で絶叫していた特殊部隊の将校の声や、それらのほうへ重錘《おもり》が沈むようにゆっくりと降《お》りていきたくなる。このウィスキーをみたした一杯のショット・グラスのなかにはおびただしいものがこめられている。

秋元啓一は一芸の達人といってよい腕と肚を持ったカメラマンであるが、写真というものはフィルムを浪費すればするだけいい作品の生まれる率が高くなるようである。人の眼はかげろうのように一瞬の休みもなくゆれてうごいているのだから、光、影、事物、心象、角度、主題といったものもまた一瞬の休みもなくゆれてうごいている。だから彼はシャッターを切る気がうごくと、いつも、けっして一度だけではなく、何度も何度も切りつづける習慣である。少しずつ角度を変えたり、大きく角度を変えたりしながら、何度も何度もおなじものを撮《と》りつづけるのである。けれど、彼ほどの人物でも、たった一度しかシャッターを切らなかったことがある。二月十四日に大酒を飲んでいるうちに舌がほぐれてきて、毎年毎年くりかえししゃべっているのにまたしても飽きもせずにああだったな、こうだったなと話しあっていくと、きっとそれが話題にでる。ジャングルのなかで戦闘が一段落し、マシン・ガン、ライフル、手榴弾、ピストル、迫撃砲、空からのロケット、後方からの一五五ミリ榴弾、命令、悲鳴、呻吟、叫び、いっさいの人と事物の音がしなくなったとき、ある大きな木の根かたにもたれて彼が私の写真をとり、そのあとでカメラを私にわたしたので、私が彼の写真をとった。ハッキリとした声でも、よく聞きとれる声でも話しあわず、おたがいに口のなかで何かひとこと、ふたことつぶやいただけだったのだが、これが〝遺影〟をとりあっているのだということは痛烈な透明さのなかでわかっていた。

その写真のネガがおたがいに一枚きりしかないのである。彼はしばしば品のわるい、えげつないことを口にする癖があるけれど、心の優しい男で、帰国してから私がたのむと、すぐにその写真を伸ばしてパネルにしてくれた。べつに命日の二月十四日でなくても私はよくこのパネルをとりだしてきて壁にたてかけ、そのまえでゆっくりとひとりでグラスをすする癖がある。何年かあとに二人でビアフラ戦争を見るためにナイジェリアへいったとき、バラクーダを釣りにでかけてラゴスの湾から雨の大西洋へ流されてしまい、もうダメかと思って肚をきめかけたところへパイロット・ボートがたまたま通りかかって奇蹟的に救われるということがあったのだが、そのときは二人で沈みかかる舟から水を汲みだすやらエンジンの発火紐をひっぱるやらでとてもカメラにまで手がとどかなかったので、ざんねんだが、写真は一枚ものこっていない。だから私は一枚きりの遺影にむかって酒を飲むのである。自分の遺影にむかって自分で酒を飲むのは不思議なものだけれど、いつも何がしかの新鮮な味がある。ときどき飲みながら頭のなかで弔辞を読むということもしてみる。あのとき弾丸がもう五センチ右か左を走っていたら、ということは何度もあったのだから、私にとってはこれは至極当然のことである。ちょっとヒリヒリした味のする酒の飲みかたである。

「……自分の遺影を見ながら自分の弔辞を自分で読むのかね。あまり聞いたことのない飲みかただね。酒のサカナとしちゃ妙なもんじゃないかな」

「酒を飲んでいるとたいてい昔のことを思いだす。昔のことを思いださずに酒を飲むというようなことはあり得ないね。ということはダ、なつかしいか、にがいか、それは人によるとして、つまり弔辞を読んでいるということなんだよ。弔辞と意識しているかどうかの別はあるけれど、みんな酒を飲むときはそれと知らずに弔辞を読んでいるのだよ」

「そういえばお通夜の晩は飲むね」

「君なんか毎晩お通夜してるようだナ」

「あんたもだ」

「それにだネ。これをハッキリ意識する習慣をつけておくと、しのぎやすくなることがある。たとえばパーティーにいってイヤなやつと顔をあわせたときとか、気のすまないやつと話をしなければいけないときとか。そういうときには酒を飲んでニコニコしながらそいつの顔を見て頭のなかでこいつが死んだらどういう弔辞を読んでやろうかと、あれこれ考えてると、気がまぎれるんだヨ。おれはいつもそうすることにしてるんだ。其角の句に、あれも人の子樽拾い、というのがあるが、そんなのじゃとても物足りないというくらいのヤツと顔をあわせたら、弔辞だ。これにかぎる」

「そうか。いいことを聞いた。今度からひとつやってみよう。それと、アレだな。あんたが酒を飲んでニコニコしだしたら、ハハァ、おれの弔辞を読んでやがるなと思ったらいいんだね」

「君といっしょに旅行してたらジャングル戦でも生きのこれた。アフリカで遭難しても助かった。タイで桟橋から転落しても足の骨を二本折るくらいですんだ。君の顔を見るとニコニコしたくなるばかりだ。とても弔辞を読んでるゆとりなんかないな」

　秋元啓一はやせた顔に不吉な精力を漂よわせ、フ、フ、フとうれしそうに笑う。笑うと右と左の頬にひとつずつ、かわいらしいえくぼができる。私が女ならふとんのなかから指をだしてポンとつついてみたくなるのかもしれない。どこかですでにおさらいずみなのじゃないか？

秋元の顔を見るか、パネルの自分を見るか、こうして酒を飲んでいると、ヴェルモットであれ、ウィスキーであれ、コニャックであれ、じつにさまざまなことがよみがえってくる。《アルコール》はアラビア語が語源だそうだが、それには〝ひきだす〟という意味があると聞く。そこへ《スピリッツ》という言葉をかけて、酒を飲むということは、つまり、人の魂《スピリット》をひきだしてくることなのだというのが古今の万国のドリンカーたちの信条である。酒を飲まない人、酔ったことのない人はとらえようのない魂をひきだしてきて手にとってつくづく眺めたり、そのとらえようのなさにまたまたふりまわされたり、めちゃくちゃにされたり、一瞬で峰から雲へかけあがったかと思うとつぎの一瞬に奈落へ転がり落ちたりということを知らない。つまり魂と自身の、おそろしさ、広大さを知らない。と思いたくなるので、ときどき、話のしにくい人だと思ってみたり、うらやましい人だと思ってみたりする。

二月十四日に秋元は昔の荷物をひっくりかえしていたらでてきたといって日ノ丸の小旗を持ってあらわれた。それにはマジックでヴェトナム語で《私ハ日本ノ記者デス。ドウゾ助ケテ頂戴》と書いてある。私が書いたのではない。詩人でもあれば僧でもあって日本へきて阿頼耶識《あらやしき》をテーマに論文を書いたティク・マン・ジャック師がわざわざ書いてくれたのである。私たちはこれを持ってサイゴンを出発し、十七度線からカマウまで、あの国の北から南までを歩いたのだった。ときどきキナくさいなと思うとこの旗をとりだしてその場にいる人びとに見せたが、深くうなずく人もあり、ゲラゲラ笑う人もあり、何かさびしそうに考えこんでいる人もあった。この旗がどれだけきいたか、きかなかったか、どうであればキナくさくて、どうでなければキナくさくないのか、私たちには何もわからなかった。

旗を眺めていると錆びや垢や苔にまみれて意識の倉庫のすみっこにほりだされたままになっていたスピリットがキラめくような顔をしてでてきた。凄壮な黄昏の空や、黄いろい大河や、そこをゆっくりと流れていくちょっとした島ほどもあるウォーター・ヒヤシンスや、うねるようにからみつくように空に流れていた女の唄声が明滅しはじめる。あれらの人びとはいまどうしているのだろうか。いまでも食事のときには洗面器のまわりにしゃがみこみ、トリの骨はしゃぶったあとでものうげだが軽い手つきでポイと肩ごしにうしろへ投げているのだろうか。それとも、すでに土に埋められて髪や骨などの分解しにくいものまで跡形もなく分子に還元されてしまったのだろうか。ある陣地の塹壕で朝になってから這いだし、大きな無線機を背負っている蒼い顔だちの子供みたいなヴェトナム兵に手真似でトイレをたずねたら、その兵はだまってどこかへ消えた。そしてしばらくすると迫撃砲弾の紙蓋にフランス語で『隊長殿。森へ行クコトヲ許シテ頂キタイノデアリマス。メルシ！』と書いたのを持ってきた。その裏をかえしてみると、『隊長殿。アナタガ好キデアリマス。メルシ！』とあった。フランス語のできる将校のところへいって日本人をからかいたいからといって書いてもらったのであろう。兵はそれを私にわたすと、だまって地雷原のむこうのゴム林を指さし、淡く笑って、どこかへ消えた。そのいたずらっぽそうな眼と、くたびれた、静かな微笑を、私はじつに久しく忘れていたのを、すみずみまで思いだした。

これも弔辞である。ことごとく弔辞である。すでにヴェルモットを二本飲み、三本めとして秋元の持ってきたウィスキーの栓を切った。あの日、ホテルへ帰りついてからか、その翌日だったか、それとも香港へでてきてからか、あるいは東京へ引揚げてきてからか、一度か二度、昂揚とも墜落ともつかぬものにおそわれ、はずかしいので冗談の口調を借りたけれどその一瞬は本気で、これからあとの人生はオマケだ、といったことがあった。今夜もその放埒なスピリットが顔でもなく言葉でもなく、まったく未知の新らしいものを見るような、キラめく顔で登場してくる。けれど私にはわかっている。一夜明ければスピリットも顔もなくなり、人生はオマケでも何でもなくなり、やりたいことを私はやりたいようにやることができず、しらちゃけきって苛酷な時間と贅肉を持てあまして茫漠としゃべったり、書いたり、何やら笑ったりする。二〇〇人の一大隊のうちであの日戦闘のあと、のこった兵を眼でかぞえてみたら、十七人しかいなかった。私は十七分の一だったのだ。その事実だけが弔辞なのだ。

ふしぎな瓶、ふしぎな酒

秋冷の某夜。

松林の虫の降るようにすだく鳴声を聞くともなしに聞きつつ、チビチビと一人酒をすする。しなければならない仕事が塔のようにそそり立っているのだが、毎夜、どこから手をつけていいのか、わからないまま、そのまわりをうろうろとめぐり歩くだけ。

友人と飲む酒、外国で飲む酒、バーで飲む酒、いろいろな酒をあきもせずに飲みつづけてきたが、私がいちばん好きなのは、夜ふけにひとりで飲む酒である。一人酒である。壁の影法師と向いあって自分をサカナにちびちびとやる酒である。一滴ごとに死んだ友人や去った知人、逃げた魚の水しぶき、ジャングルの静寂、荒野の花のことなど、思いだすまま、あらわれるままに光景を眺めつつ、だまりこくってちびちびやるのが、何といっても最高である。

一人酒にいけない点があるとすると、飲みすぎることである。愉しいものだから、ついつい度をこしてしまう。これがよろしくない。いつだったか、二日か三日にジョ二黒を一本あけるというピッチで二週間近くつづけたことがあった。こころのもだもだがあってどうにも結び目がほぐれなかったばかりにそんなことになっちまったのだが、とうとう猛烈な急性胃炎におそわれて、病院へかつぎこまれた。病室に入って点滴がはじまってしばらくすると、たちまちケロリとなったが、かつて一度も出会ったことのない体験であったので、〝年齢〟を痛感、痛覚させられて、スゴスゴと家へ帰った。

去年の四月に私は日本へ帰ってきたが、それまでズップリと心身をゆだねるともなくゆだねていた南米大陸にはさまざまな酒があった。地理的には南米ではないけれど、住人は北米大陸人だという意識と同時にラテン・アメリカ人だという意識で生きているメキシコには、ごぞんじのようにテキラという酒がある。ふつうこの酒はリュウゼツランの根塊を醱酵、蒸溜させた焼酎として知られていて、無色透明の強烈なヤツ。サボテンにつく毛虫の雲古の塩とレモン一片を左手の甲にのせ、それをペロペロ舐めつつカッとあおりつけるのが、エル・マチョ（男一匹）だとされている。昔のわが国の街道の雲助たちが、サカナを買う金がないので塩を手の甲にのせてペロペロやりつつ一杯あおりつけた風習とそっくりである。いわゆる〝手塩で飲む〟というヤツ。

この酒は西部劇にしょっちゅう登場し、テキサスを追われてメキシコに逃げこんだグリンゴ（アメリカ人・外国人）が、日光と、虚無と、復仇心でやるヤケ酒の代名詞みたいに扱われている。しかし、この焼酎も、すべての他の焼酎とおなじで、年月をかけてじっくりと寝かせると、コハク色のまろやかないい酒になる。素朴な土臭さをのこした、艶《つや》と、コクと、まろやかさのある、いい酒になる。グァダラハラという高原はオパールとこれの名産地として知られ、〝クェルボ〟という一本を木箱からとりだしてやおら一滴を舌にのせてみると、オヤ、と眼を瞠りたくなる。二滴。三滴。オヤ。オヤ。オヤ。

パナマ地峡という中米ベルトで地続きだし、高原はどこにでもあるし、似た気候もまたいたるところにあるのに、どういうものか南米大陸に入るとリュウゼツランを見なくなるし、したがってそれでつくられるテキラも見かけなくなる。いたるところで親しく安く飲まされるのは砂糖キビ焼酎である。南米のスペイン語諸国ではこれが〝カーニャ〟と呼ばれ、ブラジルはポルトガル語なので、〝ピンガ〟と呼ばれている。

スペイン語とポルトガル語はイトコみたいなもので、わが国でいえば四国弁と九州弁くらいの相違があるだけだといわれる。ポルトガル語国からスペイン語国に引越し、遁走、亡命したところで、日本からアメリカに逃げたときのような不便はほとんどなく、一カ月もあればたちまち語学はマスターできるといわれている。そうか、そうかと、うれしい気持になり、二、三年前のアマゾン旅行のときにおぼえたカタコトのポルトガル語で、ある国の、ある首都のバーに入り、ピンガを一杯くれや、と大きな声でいった。

とたんにあたりの酔っ払いたちがとぐろをほどいて背筋をのばしてゲラゲラ笑いだした。スペイン語でゲラゲラやってるが、こちらは何もわからないものだから、キョトンとしていた。するとバーテンダーやら酔っ払いたちが寄ってたかって身ぶり手ぶりで教えてくれたが、それによると、ここでは〝ピンガ〟というと男のアレのことである。しかも黒人の選りぬきのものすごいアレのことをいうのである。中ぐらいのを〝ピンチョ〟。小さいのを〝ピコ〟と呼ぶ。ピンガ。ピンチョ。ピコという順位である（何となくワカルじゃないの）。ずっとずっとあとになってチリへいき、海鮮料理店に入ったら、わが国のカメノテにちょっと似た形のイソギンチャクとも貝ともつかない珍味をだされたが、これは〝ピコ・ロコ〟（狂ったオチンチン）というのだった。

ジャングル暮しをしているときにはアルコール分よりは甘味がほしくてたまらないが、都市に引揚げてホテル暮しがはじまり、とりわけ夜ふけに原稿を書くという作業をはじめると、どうしてもイッパイひっかけずにはいられない。そこで散歩のときに目抜きの大通りの立派な店に入ってオールド・パーだ、ホワイト・ホースだと買いこんでくるのだが、これが一風変っている。瓶型もレッテルもオールド・パーそのものなのに、瓶の首にプラスチックの玉が入っていて、コロコロと音がする。これをグラスにつぐにはコツがあって、目薬瓶をふるみたいに一挙動でシャッとやらねばならないと、わかった。すると、シングル分ぐらいのがグラスにとびこむのである。ダブルでほしかったらもう一回、シャッと手早くふることである。

一センチきざみのマークのついたメートル尺がリボンがわりに瓶に貼りつけられたホワイト・ホースというものもあった。これの設計思想は一瞥で知れた。盗み飲みされたときにその場でわかるように、という配慮であろう。さきのラムネ・パーも、ドクドクとつがれないようにという配慮からの工夫であろうかと思われる。そして、このメートル・ホースもラムネ・パーも、飲んでみると、はじめの一口、二口はたしかにスコッチの味と匂いがしているのだが、三口、四口と進行するうちにだんだん怪しくなり、砂糖キビ焼酎にカラメルで色をつけただけのモノではあるまいかと思えてくるのである。つまり、ウィスキーではなくて、ウイスケと呼びたいソレではあるまいかと思えてくるのである。

毎夜こういうエテモノを飲んでいるうちに、誰が、どこで、どうやってつくっているのだろうかという疑問が芽生えてくる。スコッチそのものがいくらか入っていることは事実らしいのだが、六割か七割ぐらいはカーニャじゃないかと、わが舌は疑ってやまない。ホテルのメイドのオバサンが空瓶をひどくていねいに挨拶して大事そうに持っていく後姿が気になる。それがヴェネズエラでも、コロンビアでも、ペルーでも、どこでもそうなので、どこかに空瓶を集めて、洗って、レッテルを貼りかえて、スコッチまじりのエテモノを一本ずつに注入してるヤツがいるのかしらん、と思うのだが、寛怠と猪突猛進で売ったラテン気質にそんなマメでわずらわしい仕事ができるものだろうかという、さらに深い疑いも、われにはある。

ふしぎなものだヨ。

南米のスコッチ。

Dear Readers

1

ジョージアから車で南下してフロリダに入ると、ほとんど不意に、景観の印象が変わってしまう。車窓の両側に、やたらと立看板が目につくのである。それにいわく――サニー・パラダイス、ブライト・カントリー、シャイニング・ランド、ザ・ニアレスト・ステート・トゥ・ザ・サン、ゑとせとら。確かにフロリダは、陽光はあふれて明るく、アメリカ人にとって垂涎《すいぜん》のリゾート地なのであろうと察せられる。

しかし、マイアミに辿《たど》り着いてみると、老人ばかりである。リタイアした老夫婦たちが、足もともおぼつかなく歩いている。若者の姿がほとんど目につかないのだ。むろん、マイアミほどの大都会に若者が棲息《せいそく》していないはずはないので、リタイア組との間にくっきり棲《す》み分けをしているものと思われる……のだが、「健康・長寿」の追求の果てがこうなるのかと思うと、やはり、小生、あまり長生きしたくないなあ……。

2

アモーレ、マンジャーレ、カンターレ――この三点をもってラテン民族の特質とするが、とりわけイタリア人がそうである。恋をし、食いまくり、声高く歌って楽しく人生を送るのが、イタリー流とされている。どれくらい色恋に耽《ふけ》り、どれくらい食い、どれくらい歌うかについては広く喧伝《けんでん》されているから、ここでは説明を省く。

さて、イタリー人の中に〝ナポリ・シンガー〟と呼ばれる、じつに端倪《たんげい》すべからざる愉快な人種がいる。

あれはビアフラ戦争のときだったから、もう二〇年も前のことか。『週刊朝日』の仕事でカメラマンの秋元啓一と出かけていったんだが、取材許可をもらうのにジュネーブと、パリと、ローマの間を走りまわる破目になった。ジュネーブが国際赤十字、パリにビアフラの出張所、ローマがバチカン――あのナイジェリアの内乱では、奇妙なことにそして稀有《けう》なことにカソリックとプロテスタントが一緒に、救援活動をやってたわけ。

で、ローマである晩、秋元とカフェでカンパリ・ソーダを飲んでた。そしたら、

「今晩は、ローマの夜は暑いですなあ」

と流暢《りゆうちよう》な日本語で話しかけてきた。見ると二七、八の小柄なイタリア人。聞けば、日本語はベルギーで習ったといい、父親が当地でＩＢＭの現地会社を経営しているのので遊びに来たんだとか。

「お二人のお仕事は何ですか？」

って訊《き》く。秋元が、

「ナニ、ケチな新聞社よ」

と答えたら、

「新聞社って、どちらの新聞？」

「朝日って、ケチなところさね」

「朝日？　あれはいい新聞だ。特に科学欄と家庭欄がいいですね」

秋元ときたら、いつもは朝日の悪口ばっかりいっているのに、褒められたら途端にだらしなくなって、

「いや、ナニ、まあな……カンパリ・ソーダでも飲まないかい」

と、そいつに奢《おご》ったりしてたんだが、そのうち相手がいいだした。

「いやあ、ご馳走《ちそう》になっちゃいまして。今度はぼくに奢らせてください。ローマの夜は蒸暑い。一杯やって、さっと別れましょう」

それで、近所のバーだかクラブだかみたいなところへくりだしたわけ。店内にはジ

ユーヴァのジーナ・ロロブリジーダやら、どこやらのソフィア・ローレンみたいな女がいっぱいいて、それがワッとばかりに寄ってきて、シャンパンをポンポンと抜いたりして大騒ぎになっちゃった。たちまち楽隊が『スキヤキ・ソング』――当時はあの曲が世界中で大ヒットしてたんだ――を演奏しはじめ、秋元はソフィア・ローレンと、こちらはジーナ・ロロブリジーダと抱きあって、薄暗いライトの下で海の底の藻のようにゆらゆら揺れてた……ら、秋元が飛んできて、喚いた。

「おい、えらいこっちゃ。やられたで！」

「どないしたん？」

「奴《やつ》にやられた！」

何でもボーイが勘定書きを持ってきたのを見たら、日本の金で二十何万かになっているという。向こうの隅で美女と踊っている例の男をつかまえて、

「いったい、これは何だ⁉　シャンパンなんか注文しとらんぞ！」

二人でいくら詰問してみても、相手は
「ローマの夜は蒸暑いですなあ」

といって、ニコニコ笑ってるだけ。

気がついたら、まわりにプロレスラーみたいな男がこっそりと立っていて、手の指をポキポキ鳴らしたりしている。仕方がないので、T　C《トラベラーズ・チェック》で金を払って早々に

退散した。お粗末な一幕である。

翌朝、ジュネーブへ行くんで日航のローマ支店へ行って、支店長が「ローマの夜は如何《いかが》で？」というんで、じつはこれこれしかじかと説明したら、支店長がからからと笑って、

「それくらいは被害の中に入りませんよ」

支店長の話によると、アメリカの金持ちでコロッセウムを売りつけられそうになったのがいるそうだ。人品骨柄《じんぴんこつがら》いやしからざる紳士がホテルにたずねてきて、端正なオクスブリッジの英語で「じつは私、政府から内々のお願いにあがりました」といい、公用便箋《びんせん》にタイプした書類を見せ、ローマの近代化のためにあのコロッセウムが邪魔なのだが、といってあれほどの文化財を壊すのも犯罪というべきだ。それはわかっているんだが国にもローマ市にも金がなくて他へ移転できない、ついては古い文化財に理解あるアメリカの方にコロッセウムを買っていただけたらと……。それで、内金をもらってドロン。

「コロッセウム買ったアメリカ人、もう三人います」

といって、支店長はまた笑った。

帰国してから、知合いのイタリー人の画家にその顚末《てんまつ》を話したら、鎧袖一触《がいしゅういっしょく》。

「なんせ、二〇〇〇年の伝統がありますからなァ」

と簡単に片づけられたものである。

この種の詐欺師を〝ナポリ・シンガー〟という。よし、詐欺で食ってやろうと志を立てたら、学校へいって語学から一国の文化・風習ことごとくを徹底的に勉強するんだそうである。日本専攻、アメリカ専攻……と専門分野をきわめた上で、やおら「ローマの夜は暑いですなあ」と姿を現わし、「朝日は科学欄と家庭欄がいいです」と厖《ぼう》大《だい》な知識を駆使してくるわけだ。

断っておくが、わたしは〝ナポリ・シンガー〟を非難しているのではない。天晴《あっぱ》れだと感嘆し、賛美しているのである。イタリーは楽しい国である。

3

ウィーンという街は、近ごろ、さっぱり話題にならない。東ドイツの市民がハンガリー経由で大量脱出している――というニュースのときに、ウィーンの名前がチラチラと出てきたけれども、あれはついでの話みたいなものである。一九世紀から二〇世紀にかけて、ウィーンは華やかな国際政治の舞台として世界の耳目を集めたものだが、いまではまるで、元は美貌《びぼう》だった貴族の女が落ちぶれて、小金を頼りに引退生活を送っているかの印象である。鏡の中の自分を見つめては、遠くはるかな時代の色香を探し求めているようである。

そうはいっても——聞くところによると——ウィーンは秘《ひそ》かなる経済の基地なのだという。たとえば、ここに支店・支所・出張所を置く日本の会社の数は、ニューヨークに次いで多いんだそうである。何でも、ペレストロイカが進んで東西の交易が自由になる日のために、いわば東と西の接点であるウィーンに足場を築いておかねばならない——と、まあ、そういうことらしい。してみると、やがてウィーンがまた輝かしいモダンな美女として国際舞台に喧伝《けんでん》される日がやってくるのであろう。

落ちぶれたにせよ、貴族の女は貴族の女である。挙措動作は毅然《きぜん》としているし、たたずまいは優雅なものである。歴史の古い街はどこもそうだが、文化が熟んで爛《ただ》れた魔味というようなものがある。これが、新鮮な果実よりもずうっと、人をとらえて離さないところなのである。

このウィーンで教えられたものが、ふたつある。どちらも、味覚である。

ウィーンの中心地リング・シュトラッセ、俗にリングと呼ぶ。午後三時ごろ、リングへ出掛けていって、カフェのテラスに腰をおろし、ケーキを肴《さかな》に白ワインを飲む。ケーキを肴にワインを……と驚く人もいるだろうし、もともと辛党であるわたし自身、ケーキでワインを飲むなんてバカな、と信じられない気がしたものだ。ところが、物事はすべからく体験してみてから感想を洩《も》らすべきであって、菓子を肴にすると、ワインの味がたちまち激変してしまうのである。目からウロコが落ちる思いがした（いったい、自分の目にはウロコが何枚あるんだろう？）。どう激変するのかは、ともかくご自分で験してみられるがよろしい。新しい味覚の発見となるはずである。

秋、ブドウの穫入れの季節。ブドウをつぶして果汁にし、それがブクブクと発酵しはじめる段階（つまり、ドブロク状態である）を、オーストリアではホイリゲ heurige と称している。heurige は「今年の」という意味の形容詞だから、さしずめ「今年の新酒」とでもいうことになるのか。このホイリゲを素焼きのツボに入れて、飲む。素焼きのツボに入れて飲むのは、それが冷たい空気を通すからである。オーストリアだけでなく、ハンガリー、ブルガリアなど東ヨーロッパ回廊諸国で、広く一般に行われている習慣である。

ホイリゲは、すでにアルコール分は出ているが、十分ではない。たとえてみれば、十代後半の村娘といった風情である。が、日ごと座敷に通ってくるうちに、すこしずつ熟れていく。今日の味は、昨日と違う。明日はまた、今日よりも一段と女らしくなっていくはずだ。そういって熟していく過程を楽しむわけだ。

さて。ウィーンの街のヒンター・ランドに有名なウィーンの森がある。ヨハン・シュトラウスのワルツから想像するのとは大違いで、ウィーンの森は鬱蒼《うっそう》たる森林である。むしろ、ワーグナーの世界のようである。

ウィーンからこの森を通りぬけて、グロンチングという村にホイリゲを飲みに行ったことがある。ワインの産地なのだが、この季節には村中が居酒屋と化して、ドンガラガッチンの大騒ぎ……「酒・女・歌」をドイツ語で Wein Weib Gesang というが、ワインと、女と、歌との狂宴なのである。

とある居酒屋に入って、ホイリゲを飲みだした。バンドが音楽をがなりたてている。まだわたしも若かったし、心臓が皮膚に近かったし、ドイツ語もうろ覚えの『会議は踊る』の主題歌を思わず口ずさんだりしたら、バンドの親玉が「オヤッ⁉」という顔をして、その曲を弾きだした。あの古い映画も、当地ではオンリー・イエスタディなんだろうが、バンドに合わせて店にいた全員が大声で歌いだしたものだ。

Das gibt's nur einmal'
Das Kommt nicht wieder.
Das ist zu schön ……

曲が終ると、バンドの親玉が近づいてきて、わたしが胸のポケットにさしていた葉巻きを抜いて火をつけ喫《す》いながら、

「お前は日本人か？」

と訊《き》く。

「そうだ」

「何で、こんな古い歌を知ってるんだ?」

「日本人は何でも知ってるさ」

「フウン……大したもんだ。ま、今日はゆっくり楽しんでいきな」

「ありがとう」

店中の客が寄ってきて、ひとりひとりと乾杯、乾杯と素焼きのツボを重ねて(というのか、どうか)いたら、いくらアルコール度の低いホイリゲでもしこたま酔ってしまった。

タクシーを呼んでもらい、またウィーンの森を通って市内へもどったはずだが、まったく何も覚えていない。

愚かで元気だった、若き日の楽しい思い出である。

Ⅱ　パイプと旅

パイプと旅

本が一冊でるたびに記念にパイプを買うことにしている。原稿を書くまえには誰でもなにか小さなおまじないをする。誰それは鉛筆を何本も何本も削り、誰それは家のまわりをぐるぐる歩きまわり、私は鼻のあぶらをなすってパイプをみがくのである。「パイプには吸う人の思考を方法的にさせるなにものかがある」という誰かの言葉があるけれど、私はただ炭を削りおとし、ヤニをぬくことに汗意をこらすだけである。近頃、パイプを磨く鹿の皮を手に入れたので、すばらしい光沢がでるようになった。

小説家の生活をするようになってから私はできるだけ注意して生活を膨脹させないようにしてきた。けちんぼにけちんぼしてお金をためることにかかり、たまったところでそれを外国へ持っていって消費した。ここ二、三年のあいだに六回、外へでた。この習慣を私はつづけられるものならつづけたいものだと思っている。旅行ズレしてきてコツがわかったので、安く旅をし、うまく食べる術を心得るようになった。〝経験〟の新酒が心の薄明のなかに寝かされるのである。意識しようと、するまいと……

食いしんぼの私がガマンするのはつらいことだが、それだけに、爪でかき集めた金を旅さきで使うときには、爆発的なよろこびでカタツムリやカエルの足にとびつくことができる。ガスは圧迫するほど力が大きくなる理クツであります。

ちょっと一服

暗がりで吸うタバコはどうしてあんなにまずいのか。鼻さきで火がポッ、ポッと赤くなったり暗くなったりする。それにつれて心がひろがったり、ちぢんだりする。けれどまずいのである。

煙が眼に見えないと味も香りも半分以上ぬけてしまうような気がする。煙の見えないところで吸うタバコには何かしらビジネスのようなところがある。ビジネスでタバコを吸う人はあるまい。

煙がユラユラと崩れたり、渦を巻いたりしてやわらかく自由に形を変えつつたちのぼるのを見るのがたのしいのである。それを見て眼が遊び、心が遊ぶのである。タバコは眼で吸うものだと思う。

緊張したときに吸うタバコの味は格別である。仕事をやり終えたあとの一服には莫大な値がつく。心が独房に密封されて身うごきならないのでせめて眼は逃れたいというのだろうか。

用談をしながらタバコをとりだす。口で何か切実なことを喋りながら一本ぬきだす。くわえる。火を近づける。深く一息吸いこむ。ゆるゆると吐きだす。眼で煙の行方を追う。そのときである。チカッと妙案が閃《ひら》めくのは……

タバコを吸って一服しているときに思いがけずいい案が浮かんだという話はよく聞くけれどこれがマンジュウを食べているときにチカッと来たというのはあまり聞かない。タバコのない時代にはマンジュウから妙案がでたのかも知れないが、いまでは、まずまず妙案は煙からでることになっている。

ピタゴラスやコペルニクスの時代にタバコがあったら、彼らはきっとグラン・フュムゥル（愛煙家）だったにちがいない。そして、彼らの定理や洞察を煙のなかからつかみだしてみせたにちがいない。

＊

下品な顔をしたリー・マーヴィンという男がいるが、この男が映画にでてきてウィスキーを飲むと、天下一品である。ポケット瓶か丸瓶をひっつかみ、ちょいと小指、薬指をたて、厚いくちびるでゴクリ、一口やられたら、思わずノドが鳴る。

ジャン・ギャバンに物を食べさせたりタバコを吸わせたりしたら、これまた天下一品である。あのダブついた頰の肉をもくもく波うたせてフォア・グラや肉ダンゴを食べだすと、こちらは眼がうるんでツバがわいてきそうになる。

シガレットを吸ってうまかったのはハンフリー・ボガートだった。荒涼と優雅のまじったあの、いたましい顔で、故人がタバコをくわえると《禁煙》のサインも忘れてポケットに手がいったものであった。いったいどうしたらあんなふうに吸えるのだろうかと、人知れず真似《まね》してみたけれど、身についたらしい気配はなかった。

ジェイムス・ディーンが理由なく反抗していた頃はくちびるのまんなかにだらしなくひっかけるやりかたが流行《はや》った。故人はよくダダをこねつつ眼を細ませ、甘ったれた声をだし、そうやってシガレットをふかしたものであった。

けれど、じわり、チビチビと味わうことにかけては、故ボガートが傑出していた。成熟した男が思案に暮れて苦みを嚙み殺す表情がたった一本のタバコに、じつによくでていて、ストーリーを追うよりも、いまに吸うぞ、いまに吸うぞと、そのことのほうが気になるくらいだった。プロフェッショナルだった。

一本のタバコの吸いかたに無数の方法があるものだ。薬をのむように吸う人もいるし、アメをしゃぶるように吸う人もいる。撫でるようにして吸う人もいるし、いたぶるようにして吸う人もいる。いちばん品がわるいのは吸ってると知らないで吸っている人である。あれはそばで見ている人のタバコまでまずくしてしまう。

近頃困ることの一つはタバコ屋にライターのオイルがないことである。ガスならいくらでもあるが、オイルをおいている店がない。

銀座のタバコ専門店にもないが、とんだ田舎のタバコ屋にもないのである。地方へ旅行したときに、タバコ屋でオイルはないかというとボンベをだされる。ガスじゃないよ、油なんだよというと、どこの田舎者が舞いこんだかと白い目。

ライターを使っている人をそれとなく見ていると、一〇〇人のうち九九人までが、まず、ガスである。どうしてこうなっちまうのか。

＊

タバコの楽しみの一つは火をつけることにある。自分の手で火をつけるのが楽しいのだ。そこをわかってもらわないと困る。バーでタバコをとりだすと、こちらがまだくわえてもいないさきに火をつけて待っているホステス様がいらっしゃるが、あれはカンベンしてほしい。

ガス・ライターは蓋をあけるとシュウシュウ洩れる音がするから、あわてて火をつけ、あわてて蓋をしめる。そのせかッたらしいこと。スポーツ・カーじゃあるまいし。そんなことで秒速を競って何になる。とても貧乏くさくていけない。お手元のダンヒルが泣きますよ。

ダンヒルはオイル時代もガス時代も同一のデザインで貫き、さすがである。ロンソンはオイル時代はよかったが、ガス時代に入ってキャデラック趣味となって堕落した。いっそ象印の徳用マッチの箱を持って歩くほうが気がきいているくらいである。

デザインと性能と〝味〟で感心するのはジッポのライターである。あれはジープなみに油を食うけれど、ジープなみのグッド・デザインである。しかもどこか間のぬけた、お人好しの愛嬌があって、暖いのである。慣れると手にピッタリくっついて可愛い。ごくごく稀れにあれを使っている人に出会うと同志を発見したような気がする。

ガスの虫になるな。

＊

〝新感覚〟に没頭していた頃の横光利一の短篇に舶来タバコの名をめったやたらに並べたのがあった。人生をケムにしてしまおうという意気ごみで、韻を踏むようにしてつぎからつぎへとタバコの名をリフレインした作品である。

外国に着いてまず私がすることの一つに、空港でタバコを買うことがある。ガラスのなかでキラキラ輝くタバコをずうッと眺めていくのが楽しいし、どんな名のがあるかと探すのも楽しみである。

香港を歩いているとコカ・コーラが「可口可楽」だったり、オメガのシーマスターが「海王牌」だったりして、さすがは文字の国だと思わせられる。一度、どう見てもタバコの看板だと思うのに判読のしようのないのがあった。「三炮台香煙」とあるのだ。よくよく見たら、これは「スリー・キャッスル」のことだった。

パリのタバコ屋に入って何にしようかと迷っていると、「ヴェキャン！」とかいって一箱買っていった男がいるので、ソレといったら「ウィーク・エンド」というタバコをよこした。フランス読みするとそうなるか。「ハイ・ライフ」は「イフ・リフ」である。ならどうして英語で名をつけるのだネ。

アテネは観光都だと思っていたが、意外に英語が通用しなかった。新聞売場へいって、いちばんいいタバコをくれといったが、何度叫んでも婆さんはトロッとした顔をしているので、とうとう「ナンバー・ワン・シガレット！」と叫んだ。

すると婆さんはにわかによみがえって、いそいそと一箱よこした。お金を払ってから、道を歩きつつ、封を切ってみたら、そのタバコの名は「ナンバー・ワン」であった。

ウソだと思うならアテネへいって新聞売場で「ナンバー・ワン！」と叫んでごらん。

モスコォ郊外の新イェルサレムというところにエレンブルクは温室つきの別荘を持っていてその一室で何時間かお菓子を食べたり、文学話をしたことがある。彼は眼光鋭く、やせおち、苦虫を噛みつぶしたような、サギのような顔つきで、たえまなくタバコをふかしていた。それはソヴェトのタバコではなく、どこで手に入れるのか、フランスの「ゴォロワーズ」だった。

*

モンパルナス大通りの「クーポール」の一隅でサルトルから四〇分間話を聞いたことがあるが、彼は大碗のブラック・コーヒーをすすり、一秒の休みもなくツバをとばしてだみ声でしゃべりつづけ、ひっきりなしに「ボヤール」をふかしていた。短くて太い、チョークぐらいもあるタバコで、それを彼は短い指でつまみだし、老いたる頑強なカメとでもいった首をつきだしてつぎつぎとくちびるにはさんでは消耗していった。子供くさい体形をした、おどろくほど愛想のいい、くたびれてはいるがいきいきとした中老の男だった。

上海の或る部屋で会った毛沢東《もうたくとう》はゴッゴッした湖南語を話し、茫洋《ぼうよう》としたゾウに似ていて、やっぱりチェイン・スモーカーだった。のべつに「パンダ」の罐《かん》に手をのばし、煙のなかで小さな眼を細くし、ぶわぶわした肉に埋もれて幸福そうでもあり、老いたことを弔《いた》んでいるようにも見えた。よこにやせて、小さな、眉の濃い周恩来《しゅうおんらい》がいて、ゆったりと腕を組み、タバコは一本も吸わず、毛沢東の消えかかった記憶をときどき低声《こごえ》で訂正したり、確認したりしてやっていた。

チェイン・スモーキングは焦燥の表徴だと心理学者はいう。とすると、この三人は心が渇《かわ》いていて、一瞬の安住も拒《こば》んでいたということになる。時代は煙のなかで構想され、かつは消えかつは現れるか。

＊

現在の日本でタバコをバラで買っている人があるという記事を読んだことはない。釧路《くしろ》、網走《あばしり》あたりでもやっぱりタバコを吸うとなれば、買うとなれば、十本入りは十本入り、二十本入りは二十本入りで買っているのではないだろうか。

ほぼ二十年前のわが国では、焼跡と闇市しかなくて、子供も大人もタバコを吸いたくなると、タバコ屋や闇市にでかけて、一本、二本と、バラで買っていた。そのモクも、吸殻を集めて再生させたヤミモク、シケモクだったりしたが、誰も気にしなかった。

サイゴンの町角のタバコ売りのおばさんは、木の箱のふちに長い線香をたて、それに火をつけ、客はタバコを一本、二本とバラで買い、線香の火を吸いつけて去っていく。シクロ引きのおっちゃんも大学教授もけじめなくそういうぐあいである。

私も少年時代にタバコをおぼえ、シケモク、ヤミモクを吸うことにふけった一人である。けれど、その頃は、一瞬ごとにわが心はギラギラ輝やいたかと思うと深沈とよどんだりして、とりとめがなく、だから、一本のタバコがあれば一日中、幸福でいられたこともあった。

いまはどうだろう。国産、外国産を問わず、パイプ、タバコ、葉巻、シガリロス、何でも選ぶままに吸えるけれど、火を吸いつける最初の一吸いに、はたしてかつての無垢な歓びがあるだろうか。一日に吸うおびただしい数のうち何本が本当に心にしみこんでいることだろうか。何本吸っても水に濡れたズック靴のような心はそのままなのではないか。

たった一本のタバコで心が一日飛翔できた日があったのにと思うと、無残な気持で橋の上から水の流れを眺めたくなる。タバコは〝莨〟、おそらくは〝たのしい草〟と読むものである。いつまでもそんなタバコに出会いつづけたいと思うのだが……。

葉巻の旅

どういうものかタバコだけは贅沢《ぜいたく》をしたい。お金がなければ何でも喫うが、お金があると上等のタバコを買いたい。それも、なるたけ上等のを買いたい。

シガレット、葉巻、パイプ、何でも喫う。外国旅行をしてこれまでにいったい何十種類のタバコを喫ったことだろうか、箱や葉巻の帯をみんなコレクションにしておいたらおもしろかったろうにと、いまになって、悔みたくなる。

葉巻は戦後、例の細巻やすい口やフィルターのついた〝シガリロス〟が出来たので種類がさらに豊富になった。仕事をするとき口がさびしいのでこの細巻葉巻をくわえてちびりちびりふかすのは小さなたのしみである。太巻の葉巻は中国料理とか西洋料理などの濃くて重い食事のあとではすばらしいけれど、日本式のお茶漬サラサラのあとではとてもいけないようである。

パイプを人前でふかすと何故《なぜ》か対話のスムーズな流れをさまたげられる。パイプをふかす人は何か閉じ、沈み、潜り、相手を拒む。だからパイプは書斎や居間の独居、瞑想《めいそう》、沈思には欠かすことのできない友人だけれど、会話や実務の場には不向きのように思う。

葉巻は傲慢《ごうまん》だという印象を与えやすいが、これは身ごなしでどうにでもなるものだ。ひょっとしたらパイプでもそうかもしれない。デンマークへいったときにおどろいたが、ここでは女がみんな夕食のあとで堂々と胸そらして葉巻をふかしている。ドイツ人は世界でいちばん葉巻の好きな国民であろうが、それでも女が葉巻をふかす光景は見たことがない。女も男とおなじようにシガレットをふかすのだから葉巻をふかしたってかまわないわけだが、女の口にあの太いのがつきささっているのはヘンな連想をさそって、とても想像力を刺激される。

葉巻もピンからキリまである。ガラス管のなかに入ったのや、アルミ管に入ったのもあり、ボヘミアの田舎町では藁《わら》のまわりにクルクルとタバコの葉を巻きつけたのもあった。こういう素朴なものもときにはおもしろいが、アルミ管やガラス管に入った超豪華品となると、とてもそれだけでは喫っていられない。そういう葉巻は全体のなかの欠かせぬ一部としてあくまでも諧調《かいちょう》を保ちながら独立的に他を排除もするのである。つまり、酒や食事のコースのなかにとけこんでいるのである。一本の『ロメオ……』をふかすために私は帝国ホテルへでかけてビフテキを食べた。私の口は薄くて小さいので長大なるこの逸品をくわえるのは何とも不似合いに思えたからすみの席をとった。けれど、食事がおわってからドミ・タスのコーヒー茶碗をよこにゆったりとこの葉巻をふかしていると、やっぱり、香りが素晴しかった。散らすのが惜しかったので、それとなくシャツや背広にしませて家へ帰った。

葉巻特有のあのしぶい香りを〝羊の匂いがする〟といっていやがる人もいるが、慣れるとこれもわるくない。ブランデーにすい口を浸したり、舌でペロペロ胴を湿めらせてから喫う人もときどき見かけるが、これはあまり、いい趣味ではない。

逸品の葉巻に出会うと、しっとりと、しかしキュッと巻いてあり、葉は薄く、重厚荘重、中身の葉一枚一枚が火にあぶられてかもしだす香りのアルモニーがすばらしくて、思わず眼を細めたくなる。どの葉をどうかさねるのか知らないが、上質のウィスキーやブランデーとおなじ絶妙のブレンドの経験が要求されるのだろうと思う。葉巻のすい口を切るのはさまざまなカッターがあるが、いちばん私が好きだと思ったのはパリで見かけた一つである。これはギロチンの恰好をしていた。首をつっこむ穴に葉巻を入れて刃をおとすと、パチリ、みごとに切りおとす。これは机におきたいものだと思った。

煙りのような

芥川賞をもらってから今年でかぞえてちょうど十八年になるのだが、〝十八年〟という実感があまりピンとこない。三十歳の頃から十年ほどというものはチャンスさえあれば外国へでかけ、その外国がまた酷烈と動揺にみたされた国が多かったから、いまになってふりかえってみると、ひたすら回転するために回転する独楽として歳月をうっちゃってきたような気のすることがある。その十年間に骨を削る気持で書いた創作がないわけではなく、書きおろしの仕事にふけっているさなかに外出してみると、毎日が机にむかってすわりっぱなしなものだから、足と腰から力がぬけて、地下鉄の長い階段をのぼるのにヘロヘロになってしまうこともあった。その消耗ぶりから逆算して、おれはいま作品で削られつつあるのだナと推察することにしたが、朦朧のうちの苛烈が感じられるだけで、得失の計測はやっぱりできることではなかった。

当時、ライターは油式のもので、ブタン・ガス方式は何年もたってから登場してきたのだが、受賞の記念に何か一つ買ってみてもいいと思い、銀座の『菊水』へいって、戦前からのスタイルのを一つ買った。その後ガス・ライターになってからはこの形式のものはたちまち消えてしまったが、私は大事に使い、外出するときはけっして持ってでないようにした。ライターや万年筆についてのどうしてものみこめない不思議は、自分があれだけひょいひょい紛失するのに、酒場でもタクシーでも一個として他人のを拾ったタメシがないということである。どれだけの数のライターを今までに失ったかを考えると、これはつくづく不思議である。どこかで、誰かが、私の落したのを拾って、チャッと使っているにちがいないのだが、私が他人のを一個も拾ったことがないというのはどういうわけだろうか。

この大時代のを使っているうちに、あるとき、ヤスリの部分が故障を起し、どうしても火がつかなくなった。その当時でもこの様式のライターはもう三十年か四十年も昔のもので、ガス・ライターが全盛だったので、とても回復は不可能だろうと思って『菊水』へ持っていって相談したところ、一も二もなく、イエ、大丈夫です、直りますという返答。二カ月か三カ月たってロンドンからもどってきたのを見ると、まったくもとどおりになっていた。それを見て私はつくづく感心し、〝大英帝国〟なるものの、その堅牢の本質の一端をはからずもかいま見るような思いがした。三十年も四十年も昔の商品の、いくら自社製品とはいえ、そんな大昔の、しかも一部分にしかすぎないものを、よくも温存しているものだと思って、小さいが深い感動をおぼえたものだった。こういう精神をこそ、〝クラフツマンシップ〟と呼ぶのかと思った。

書いたものが一冊の本になるたびにそれを記念してささやかながらパイプを一本買うという習慣をはじめたこともあった。そのため、イスタンブールではメァシャウムのパイプ、チェコではボヘミアの農民のパイプ、フランスではロップの桜材のパイプと、ずいぶん数を集めたことになる。いまでは手持の数が合計、五十本ぐらいになっただろうか。しかし、毎日、タバコをつめたりホジくりだしたりして愛用しているパイプは、せいぜいそのうち五本か六本にすぎないのである。ただ、どういうものか、〝お好み〟が、何カ月か、何年おきかにかわっていくので、あとの四十五本はけっしてムダなのではなく、いつかきっととりあげられるのを待っているのだと感じられる。何ということなく好きでしようがなかったのが、ある日、理由もなくイヤになり、それまでほったらかしてあった埃りだらけの古パイプがにわかになつかしくなって、いそいそと掃除するやら磨きをかけるやらして、カム・バックさせたり。この多情仏心には、いまだに、うまく説明がつかない。

タバコをうまく吸うにはパイプか葉巻にかぎるというのは、どうやら定評であるようだ。複雑なブレンドを凝らしたタバコをパイプでじわじわとくゆらしていると、序・破・急、燃えのいろいろな段階で、じつにさまざまな香りや味わいが分泌されてきて、それに気がつくと、紙巻はいかにも単調でありすぎると感じられてくる。幾層もかさなりあった、吸いかたでどうにでも変る、その絶妙さを小雨の降る静かな窓ぎわにすわってじわじわと味わっていると、当然のことながら、連想が赴いて、おれの作品はいつになったらこういうところへたどりつけるだろうかと、心細くなってくるのである。

挑発と含羞

戦後この三〇年間にダンヒルのパイプはデンマーク派の一本一本選りぬきの手作りパイプに圧倒されてしまった観がある。パイプ通にいわせるとマシン・メイドはマシン・メイドだとしてもダンヒルのパイプを語るなら、やっぱり、戦前のものでないといけないということになる。

パイプの木目はストレート・グレイン、フレーム・グレイン、バーズ・アイと大別して三種あるが、ほかにごくときたまだが、ダンヒルにはDRと銘をうちこんだのがある。これはDead Rootの略で、立枯れしたブライヤーの根から作ったものなのでそうである。よく乾燥して目がツマっているということなのだろうか、この銘のあるパイプは稀少価値が凄くて、お値段のほうも目玉と眼鏡がいっしょにくっついてとびだしそうである。

いつか安岡章太郎大兄の家へ遊びにいくと、大兄はどこからかパイプを一本持ってきて、ニヤニヤ薄笑いし、

「どうだ、このパイプ。戦前のダンヒルでしかもＤＲだぞ。一目拝ましてあげます」
といった。なるほど手にとってみると、ブルドッグ・スタイルの重くて厚いパイプだが、まぎれもなくＤＲの刻印がうちこんである。ちょっとした宝石なみの値段がするし、第一、金があっても物そのものが稀少だとわかっているから、こちらはギャフンといわされた。

一九七三年の秋に大兄とヨーロッパへ講演にいったとき、初日がたまたまロンドンだった。講演までに暇な時間があったのでボンド・ストリートのダンヒルの本店へ二人でいってみた。ダンヒルも御多分に洩れず多面体企業になっちまったから、パイプやライターのほかに、時計、ネクタイ、靴下、チョッキ、銀器など、あらゆる物が店内にあり、何の店へきたのか、ちょっとわからなくなる。その一隅の壁にショー・ケースがあって、創立当時から現在にいたるまでの同社製のライターがズラリと並んでいる。

それを一箇ずつ点検していくうちに

「ホホウ。オレの家にあるのでここにないのがある。杜撰《ずさん》なもんだ。こりゃコレクションとはいえないね。ダンヒルの本店にもおいてないのがわが家にはありますですね」

大兄はうれしそうにそういいだし、私の顔を薄笑いしてジッと見た。茶碗のふちごしに人を見るという慣用句のある眼つきである。これは挑発である。お得意の手だ。この人は日頃から人を挑発してイライラさせる趣味があるのだ。

なにげなく私は現場から離脱し、ちょっとはなれたショー・ケースにあるライターをつくづく眺めたあげくに思いきって買うことにした。オイルで火をつける方式の物だが薔薇輝石に埋めこんであり、おなじ薔薇輝石の灰皿と対《つい》になっているのである。頂いたばかりの講演料のトラヴェラーズ・チェックがたちまち何枚も消えて薄くなった。大兄はニヤニヤ笑いながら寄ってくると、そのライターを手にとって眺め

「わるくない趣味だが新品だね」

ちょいと一刺し、挑発した。

パリへでてからヴィラージュ・スイスという骨董品ばかりのブティックを集めたガラス張りのブロックへ二人で散歩にいく。その一軒で店さきのすみっこに小さな古ぼけたダンヒルがあるのを二人がほぼ同時に見つけた。今度は先制攻撃にでることにした。つまらんよ、ありふれてるよ、あんなのダンヒルといったって、ドッてことないよ。あきあきした口調で私がそういうと、大兄は、それもそうだナ、などと呟くが、チラと見ると眼のすみに未練気が光っている。そこでナンだ、カンだといっていそいでそこから離れ、ぶらぶらと歩いてから、大兄をさきにやらせる。こっそり離れる。いそぎ足で建物を一周し、もとの店へかけつけ、とびこむや否や、そのデュニル買っ

たといって銭をだす。そこへ大兄がとびこんでくると、

「何だ、買ったのか。おまえ」

ジロリと見た。

たった一歩の僅差であった。

ライターのほかに万年筆、レコード、ハイファイ、カメラなど、大兄の洒落物にたいする偏執はなかなか多種にわたる。しかし、作品にはそんな気配は一行もでてこない。そぶりも煙りも見せない。徹底的に消去してある。照れか含羞かだと思うのだが、その根は意外に深い。

ライターやら陰毛やらと寝床のなかで死ねない男

映画をこれまでに見すぎたせいか、それとも中年ボケのせいか、近年私は妙な癖がついて、スクリーンを見ながら細部や背景ばかりに眼がいく。ストーリーはよほど丹念な作品でないかぎりたいてい三分の一ぐらいで割れてしまって、ほぼ予想通りにはこんでいくし、そうなれば描写力を見るということになるが、これは何もヤマ場を見なくたって、任意のワン・カットを見ればだいたいのことがわかる。念入りに精密につくった作品は無差別抽出のワン・カットを見ただけでわかるものである。光線、カメラ・アングル、時代考証、その他、その他、こういうことはよってたかってどのワン・カットにもにじみでていなければならないものだから、どれだけ力を入れ、注意がそそがれているか、一瞥してピンとくるものである。その一瞥で、ウン、コレナラとくるようなら、たとえストーリーが、ヤマ場が、エンドが予感通りになったとしても不満はおぼえない。むしろ、好感を抱かせられることが多い。かりに予想通りの結末になっても、そうなると、まるで自分がその映画を作ったかのような気持になるものである。これはひそかな魅力である。

ストーリーが早くも割れてしまい、しかも一瞥がさほど期待を抱かせてくれないとなると、美女のお尻のうえの二つのエクボを眺めるよりは、むしろ細部や、小道具や、背景をじろじろと意地悪く観察することになる。この愉しみは陰気なものだけれど闇のなかの時間つぶしとしてはなかなか味があって、やめられないものである。ことに背景に自分が滞在したことのある市や、野や、山がでてくると、もういけない。映画なんかそっちのけでその頃のことをあれこれと思いだすのにいそがしくなり、あたたかい湯に全身を浸したようなぐあいに回想にもたれかかることができて、ありがたい。

小道具一つをとりあげても、たとえばライターならライターで、第二次大戦を扱った映画なら、アメリカ兵はジッポを使っていなければいけないし、ヨーロッパ人とナチスならイムコを使っていなければいけないということになる。これはオーストリア製の安物のライターだが、たった一枚のブリキ板を折って畳んで作ったライターで、素朴ながらその着想は抜群である。ガス・ライターが登場してからかなりの年月になり、わが国ではライターといえばガスときまっているが、アチラではいまだにこのオイルのライターを愛用している人をしばしば見かける。ジッポもおなじである。これはアメリカ人にとってのナショナル・ライターといっていいくらいに愛されているようである。

このライターは輸入ライターが高価でしかもこわれやすいのに腹をたてた一人のオッサンが発奮して開発した作品だということになっているが、この煙界の愛国者は変人であったらしく、商品名を何とつけようかと考えたところ、かねがねファスナーをチャッとひっぱったときの音が大好きだったので、それをヒネって、〝ジッポ〟としたのだと聞かされたことがある。ブランド名というものは一度アタってヒットすればその名以外のどんな名もダメだと感じられるもので、いまでは〝ジッポ〟のほかにこのライターの名はどう考えようもない。ジープとおなじようにいささか油を食いすぎるという一点をのぞいてこのライターはまことに有能、正確、百発百中、どんな雨も風もかまうことなく火を発し、こわれる箇所がどこにもないという名作である。いつだったか、『ライフ』を見ていると、広告頁に傷だらけ、シミだらけになったこのライターの写真がでていて、キャプションを読むと、〝第二次大戦中、ヨーロッパに上陸した最初の部隊の最先頭のアメリカ兵が持っていたライターです〟とあった。いささかマユツバといいたいところだが、ジッポならそれを不思議と感じさせないものがある。それからしばらくたってからの広告では、やはり一箇が登場し、〝カリブ海で釣ったサメの腹を開いたらこのライターがでてきましたが、念のためにパチリとやってみると火がつきました〟と説明文にあった。

私はこのライターが好きで何年となく愛用しているが、しじゅう落っことしたり、おき忘れたりするものだから、もう何箇買いかえたことか、数えられないくらいである。貴重な思い出のしみこんだのもあるから、近頃ではすっかり用心深くなって、外出のときには持ってでないように習慣づけた。とくにアメリカ兵の弾丸よけの呪文をきざんだやつなどはぜったいに門外不出である。サイゴンの町角では、いつ、どの年にいっても、呪文屋が大繁昌で、あちらでもこちらでも小型モーターがぶんぶん回転していたものである。呪文には何種類かあったが、私が選んだのは、《たとえわれ死の影の谷を歩むとも怖れるまじ……》をひねったもので、《そうさ、たとえわれ死の影の谷を歩むとも怖れるまじ、なぜっておれはその谷のド畜生野郎だからヨ》という罰当たりである。雅俗混交体もいいところだが、兵隊気分はありありとでている。いつかビアフラ戦争を観察するためナイジェリアへいったとき、ナイジェリア人の情報担当官と食事して、なにげなくこのライターを見せたら、ゆっくりと読んでから顔をあげて、その人は

「典型的なアメリカ式ユーモアだ」

と呟いた。

第二次大戦中にはバイブル型の小さな鉄製のお守りを胸のポケットに入れて心臓を守ったものだと聞かされたことがある。その頃、日本兵は、水商売の女のアソコの毛を、自分ではなく誰か他人に抜いてもらってきてお守りに入れるといいんだと、中学

生の私などに真顔で教えてくれたものである。鉄のバイブルだの、女の恥毛だの、罰当たり聖句だの、どの国、どの時代でも、兵隊は似たようなものである。それをバカバカしいとか、ナンセンスとかで笑殺できるのは寝床のなかで死ねる人だけである。《戦争の話を聞きたかったら歩兵に聞け》という名句があるが、そんな話のできる兵隊は、きっと体のどこかに何かをひそませている。その小さな、どうしようもない《物》にはしばしば莫大な力と優しさが内蔵されていて、ちらとでも分泌をうけると、放射能のようにいつまでも体内にとどまって生きつづけていくのである。

Ⅲ　書斎のダンヒル、戦場のジッポ

ラッキー・ストライクよ永遠に

タバコをはじめたのは十五歳のときからである。酒もその頃からである。それから三十五年間、酒はときどきストップしたが、タバコは一日もやめたことがない。やめようと努力したことは何度かあるけれど、成功したためしがない。節煙はできないではないけれど、禁煙はとてもできるものではない。誰が何といおうと、これは、もう、あかん。

スタートはシケモクだった。これは前回に書いておいたとおり、駅や市場に落ちている吸殻を再生させたもので、ブレンドの妙味は槍一筋の御家柄諸氏の恣《し》意のままというしろものだから、今日のはいいかな、あそこのはどうだろうかという期待をそこはかとなく抱いてよいはずのものだが、実質的にはつねに一定して何やらいがらっぽく、焦《こ》げっぽく、ガサガサした味であった。

シケモクだけを吸っているとわからないのだが、たまに上物に出会うことがあると、一瞬で差がわかるのである。これを当時の舌覚でいうなら、明けても暮れてもサツマイモばかり食べてるところへ、ふいに某日、米軍PXから流れてきたらしいハーシーのチョコレートの一片と出会い、それを口にした瞬間。甘い、柔らかい、奥深い、ふくよかな香りと味が全身をさざ波たてて、キラキラ輝きつつ走りぬけていったあの瞬間の、裸の知覚。

シケモクがいがらっぽくて焦げっぽくて、とてもタバコなどといえたものではないとさとらされるのは、ごくときたま、友人にラッキー・ストライクを一本もらうときである。この一本には火をつけるのがもったいないくらいの豪奢があった。甘い、柔らかい、精妙な香りがふんだんにたちのぼり、黄顔の微少年はのけぞりそうになる。まるで、麻薬であった。

おずおずと火をつけ、胸いっぱいに深々と吸いこみ、それからチビチビと吐きだしていく。シケモクできたえられて、いっぱしの煙覚が、舌や、鼻や、肺のそこかしこについているものだから、恍惚が細胞という細胞にしみわたりそうである。一片のチョコレートと一本のタバコに、全心的な愉悦と同時に〝敗戦〟の全容が言わず語らずのうちにこめられているようで、うなだれるよりほかなかった。ただ茫然となるしかないのだった。ヒロシマの報道に頭が朦朧とならせられたのが、一本のラッキーでつぎに肉が朦朧とならせられるのだった。何もかもがこたえてならなかった。

闇市を歩くと、PX流れの品は、チョコレートだろうと、タバコだろうと、C糧食《レーション》だろうと、ことごとく禁制であるから、それを売るオッサンもオバハンも、壁の穴からのぞくネズミのような眼つきで身辺の人と事物をキョトキョト瞥視《べっし》するのだが、しばらくたつうちにそんな警戒はあっけなく捨てられ、いけしゃあしゃあの自信満々、しばしば傲然のそぶりさえまじえて売るようになった。当時ではラッキーと、キャメルと、フィリップ・モリスの三種が神器で、一瞥するたびに微少年は嫉妬と絶望をおぼえさせられ、眼を伏せてコソコソと去るしかない。三種のうちラッキーはデザインが日ノ丸で真紅だから、どうしても眼に入り、視線をそらすのに人知れぬ苦痛を味わわされた。

オトナの餓死体や行倒れの屍体は地下鉄の構内の暗がりや、デパートの裏の横町あたりでよく見かけるし、満員電車の連結器から復員兵がふりおとされて五〇メートル、一〇〇メートルにもわたって灰桃色の脳漿が散らされ、葬儀屋がそれらの破片を長い青竹の箸でサギのように夕闇のなかをつまんで歩く光景も、毎日のように目撃している。トントン葺《ぶ》きの掘立小屋さながらの闇市では栄養と精力と非情の叫喚や、哄笑。そのさなかにときどきまるで句読点のように混沌をひきしめる嘆息が耳に入る。ドブはつまり、便所は氾濫し、兄ぐらいの年頃の青年たちはどれもこれも半長靴に褐色のパイロット服。純白の絹スカーフをなびかせ、何かというと一度は死んだ体だとか、特攻帰りだぞとか眼と言葉を凄ませて格闘する。オトナになりたい一心、オトナの身ぶりさえしていたら恐怖と孤独が何とかうっちゃれるのではないかと思っている微少年としては、すべてが満ちてくる潮のようにこわかった。見るにつけ、聞くにつけ、すべてが、面白いとおなじにおそろしかった。家へもどると、ザル一杯の蒸しイモめがけて、祖父、出戻りの叔母、二歳年下のくたくたの妹、その二歳年下のヘトヘトの妹、そして、母。ことごとくがまるで食人種のような眼つきである。それは深淵ともいえ、光耀ともいえる眼である。親も、兄妹もあったものではない。こちらの眼を見て母は声をたてて泣きだし、それを見てこちらはうなだれ、妹もうなだれるが、いずれは誰も彼もおずおずとながらイモに手をさしださずにはいられず、貪りださずにはいられない。この時代の日々は痛烈に思いだせる。いくらでも書ける。書けば沈潜の一途しかないのに、おりおりの昂揚も喚起して句読点としてそこかしこにちりばめたくなる光景もたくさんある。アラジンのランプのようにラッキーに火をつけさえすれば三十五年の歳月が消えて煙りのなかから大魔神や小魔神たちが群がって、さきをあらそってあらわれてくる。この一本をどれくらい吸いたかったか。よほどの奇蹟に恵まれてこの一袋が手に入ったときはどれほどポパイのホーレン草のように昂揚と充実が手に入れられたか。それが何日ぐらいかすり傷をうけずに持続できたか。ありありと思いだせるのでもある。いつ、どこにいても、このタバコを見つけたときは、見つけたというよりは見つけられたという感触にそそのかされてかけつけたくなる。何となく耳のうしろあたりがチリチリするのでふりかえって見たらやっぱり誰かに見られていたのだとわかるテレパシー経験があるだろう。その、誰かを、見つけたような、そういう微笑。だワ。

時代とともにこのタバコも変貌して、フィルター付になったり、キング・サイズになったりした。昔のままの、フィルターなしの、短い両切を手に入れるのが、なかなかむつかしくなった。スキヤ橋のソニービルにある専売公社の売店へいくと何とか買えるが、ほかの洋モク店ではめったに買えない。USA本土でもなかなか見つけるのがむつかしかった。そうなると意地になってきて、何が何でも手に入れたくなり、たまに見つけると、カートン箱で二つも三つも買いこみたくなる。それがたっぷりあるとわかっていたり、ポケットに一つあるとわかっているあいだ、ほのぼのとあたたかい気持になれる。澄明な油のように気力が分泌されてくるようにも感じられるのである。

このタバコの日ノ丸のデザインは、たしか、レイモンド・ロウイーだったと思う。ロウイーは口紅から機関車まで、ありとあらゆるデザインをやってのけた巨匠だが、ラッキー・ストライクをやったときはたしかに黄金の腕の持主だった。ピースの鳩を描いたときはヤッツケ仕事としてやったにすぎないが、ラッキーのときはまさに〝大当り〟だった。この日ノ丸のなかには、いまでも、〝It's toasted.〟と書いてあるが、これがこのタバコのヒットした一つの鍵であったらしい。すべてのシガレットは製造工程のどこかで葉をトーストされるのであって、何もラッキーだけの特許ではないのだが、誰もそれを言わないでいるときに言ったということ。それが朝の食事の爽やかで豊かなパンやバターの香りと連想がつながりあうこと。焙りたてのコーヒーの香りの連想ともつながりあうこと。それがきいたのである。つぎにもう一つ。近頃のこのタバコの袋には見つからないようだけれど、長年月にわたってこのタバコの袋には、“LSMFT”という文字が印刷されてあった。これは発売当時のラジオのCMで、“Lucky Strike means fine tobacco.”（ラッキー・ストライクとはいいタバコということです）の頭文字である。のべつ、繰りかえし、繰りかえし、これをラジオで流したのである。たしかドス・パソスの『U・S・A』にもどこかで登場していたと思う。すべて広告とか、CMとか、CFなどというものは善悪をべつとしてそれぞれの時代の唄なのであるから、アメリカ史を小説の文体で書こうとしたドスがLSMFTを見のがすことはあるまいと、思いたいところである。

このタバコはフィルターなしだから煙りがそのまま肺にくる。おまけにハード・ペーパーではなくてただの紙袋だからポケットのなかでタバコが折れたり、曲ったり、くちゃくちゃになる。粉がこぼれてしようがない。というようなことで、おそらく時代遅れになり、あまり売れなくなったのではあるまいか。これも、キャメルも、近頃

のタバコ屋の店頭で見かけることが少ないのは、客がつかなくなったせいだろうかと

思う。だから、偏愛者としては、たまに見つけると、頑固に昔のままを守ってくれて

いるんだなと知って、ほのぼのとしてくるのである。

　ヴェトナムの最前線で暮していたときは、休暇でサイゴンへいくアメリカ兵にPX

で買ってきてくれるよう、よく銭をわたしてたのんだものだった。タバコにはおかし

なところがあって、煙りがゆらゆらとたちのぼるのを眼で眺めながらでないと、うま

くない。風の中や暗闇のなかでは、まったくタバコの味がしないのである。煙りの糸

のもつれあいやからみあいを眺めることで心がしばらくほぐれ、うつろに遊ぶことが

でき、それがこの草の味となるのだろうと思いたいところである。つまり、この草は、

鼻や舌や肺で味わうまえに、何よりも眼と心で味わうべきものであるらしい。しかし、

毎夜九時に消灯となり、野戦服を着たまま、靴をはいたまま、カンバス・ベッドによ

こたわり、暗闇のなかでひたすら耳を澄ませて、いまかいまかと夜襲の銃声を待つだ

けという状況は、殺されるために生きているだけなのだから、眼がなくても心は煙り

を求めずにはいられない。毎夜、毎夜、亜熱帯のねばねばした湿熱で汗にまみれつつ、

ひっきりなしに、何十本のラッキーをふかしたことか。唇がにがくなり、咽喉が干割

れ、心は妄想でへとへとになる。あれくらい大量に、何日も何日も持続して、煙りを

見ることとなしにこのタバコを吸ったことは、それ以前にも、それ以後にもなかった。

弾丸でやられるまえにニコチンで溺死しそうなのだが、それでも、心がくすぶりつづけ、チェイン・スモークはやめられなかった。

Lucky Strike means fine tobacco.
Lucky Strike means fine tobacco.
Lucky Strike …………

書斎のダンヒル、戦場のジッポ

タバコ＝肺ガン説が正しいのならとっくに死んでなければならないくらい煙りを吸ってきたのだが、何となく今日もくすぶっている。体の調子がおかしいとタバコや酒はにがくていがらっぽくてとても手を出す気になれないので、自動アラーム装置みたいなものであり、反論のある学説よりはずっとたよりにしたい気になる。

この三十五年間に煙りにしてしまった金額はちょっとしたものになると思うが、惜しくはない。タバコを吸わない奴はその分だけ貯金をふやしているかというとまったくそうではなく、奇妙におなじ水準にあってカツカツしたり、アップアップしたりしている。あまりにたくさんの例を見せつけられてきたので、いよいよタバコ代は惜しくないのである。惜しいと思うのは失ったライターだけである。これは今日までにいったい何個失ってきたことか、数えようがない。それでいてタクシーでもバーでもレストランでも他人の置忘れを拾ったことが一回もないので、これも煙りにつきまとう不思議の一つである。誰に聞いてもそうだ、そうだというから、いよいよこの不思議は深まる。

　どんなに用心していてもライターという奴はフトした隙に音もなく声もなく消えてしまう。気がついたときは、いつも、すでに、手遅れである。ジッポには鎖付のがあって、末端にリングやボタン穴の革がついており、シャツのボタンにとめるようになっているので、これはありがたいと思って使ってみたが、間もなくわずらわしくなって、やめにした。すると、わずらわしさは消えたけれど、ライターがふたたび蒸発しはじめた。一個消えるたびに親友に背を向けられたような、裏切られたような、叛逆に出会ったような気持になる。ヒトが事物を使役していると思うのはとんでもない思い上りであって、そういう気を起させるように事物が行動し、計略をたて、媚びているのである。事物は生物《いきもの》であって、頭もあれば心もあり、手もあれば足もあるのだと、思いたくなる。酔っぱらって家に帰って背広をぬぐときに右のポケットの一隅の、いつも感触している小さな、固い重量がいつのまにか消えてなくなっている。またヤラレたかと舌うちしたくなる瞬間、つくづく、ライターは、ネズミかカナリアみたいだと感じずにはいられないネ。

　いつ頃からか。何となくダンヒルのライターのコレクションを心掛けるようになった。この有名なライターは一九二一年にスタートし、発売当時はマスタードの空缶の蓋にマウントしていたが、すぐに分離してライターそのものとして独立して製造されるようになった。これが〝ユニック〟と呼ばれるタイプで、ヤスリの下に支柱がついてないというのが特徴である。これがヒット、またヒットし、革張り、宝石入り、時計入り、銀製、金製、無数の変種が製造された。そんなのを一つ一つ蒐集していてはたまったものではないし、不可能でもあるので、身分相応にベイシックなタイプの変化だけを追究することに方針をきめた。

〝ユニック〟のつぎにヤスリの下に支柱をつけた〝ダブルホイール〟がくる。ついで一九三四年頃に細長い〝トールボーイ〟が開発され、三六年にはそれの幅が広くなった〝ブロードボーイ〟が登場する。三七年には〝スクェアボーイ〟。第二次大戦中は資材不足で発達がストップするが、軍隊用にブリキ製のがアメリカでつくられる。これはオーストリア製のブリキの名品〝イムコ〟にそっくりだが石を入れる管が本体の外側に装着されていて、その一点だけが相異するのである。第二次大戦後には〝ブロードボーイ〟のヤスリの回転部分を細長くした〝ローラライト〟が開発される。それの本体の幅の広いのが〝ニュー・ブロードボーイ〟、幅の狭いのが〝スイス・ローラライト〟、自動式になったのが〝オート・ローラライト〟である。オイル時代はここまでで、つぎにガス時代に入るが、古典時代の〝ダブルホイール〟と〝ローラライト〟の原案は生きのこりつづける。

これらすべてを一個ずつあちらこちらで買い集めたが、〝世界的名品〟の発生期からのコレクションが一つのチョコレートの空箱に納められるということではライターか万年筆ぐらいだろう。自動車でこんなことをはじめたら体育館がいくらあっても足りないだろうが、ライターなら菓子箱一つですむのである。それもほとんどがベイシックなアイデアの変化だけを追究するコレクションだから素材は真鍮《しんちゅう》なので、銀、金、宝石入り、時計入りなどは一個もない。まったくつつましやかなものである。〝コレクション〟と呼ぶことすらはばかりたくなるようなものである。しかし、それでも、どこかで一個、傷だらけの使い古したのを入手して家に持って帰ると、ほのぼのとした充足感をおぼえて、イッパイやらずにはいられない。

オイル時代のロンソンはなかなかに秀抜でもあれば味もあるデザインを開発していたのだが、ガス時代に入ってふいにキャデラック・スタイルとなり、昔をまったく忘れてしまった。ダンヒルが昔をふりかえりふりかえりしながら新案を追究する姿勢であることに対抗し、いわば〝温故知新〟のその方針に正面から挑戦する方針をロンソンは決定して動かぬと、見えるかのようである。その方針自体は結構だけれど、いいデザインが出ないので面白くない。オイル時代のよかったことにひかれてこれもついでにやってみるかと、二つ三つ、集めにかかったことはかかったけれど、間もなくやめてしまった。このロンソンにくらべるとオーストリアの〝イムコ〟は何十年と一貫してたった一種のブリキ製のオイルのライターをつくりつづけていて、しかもそれは一枚のブリキを折って畳んでビス一本で止《と》めたきりなのにけっして壊れないという優秀さである。シンプルじゃあるけれど飽きがこないし、その親和は祖父、父、子、孫とひきつがれていく性質のものである。〝グッド・デザイン〟とはこういうことをさすのである。第二次大戦を描いた映画ではナチス兵、ロシア兵、ほとんどすべてのヨーロッパ諸国兵がこのブリキのライターでタバコに火をつけて深い一息を吸うことになっているが、その普及ぶりには感じ入らせられる。

これに匹敵するのがアメリカのジッポである。シンプルで頑強で壊れようがなく、油もちがよくて、どんな強風、豪雨のさなかでも百発百中で火がつく。難をいえば焰《ほのお》が大きすぎること、いささか油を食いすぎることだが、よく注意していると、たしかに油は食うけれど、シンプルなくせになかなか気密にできてもいて、ずいぶん注油しないでほったらかしておいても蓋をひらいてジュバッとやるとたちまちボッと火がついて、ホホウと、感心させられる。いつか「ライフ」に出た広告でカリブ海で釣ったフカの腹からジッポが出てきたのでためしにやってみたらみごとに火がついたと、そのライターの写真が掲載されていたことがあった。いささか眉にツバをぬりたい気持はあるけれど、このライターを使いこんだ経験の持主なら、ニッコリ微笑して、そんなこともあるだろうナと、呟《つぶや》くことであろう。このライターは工業デザインとしてはみごとな作品であって登場以後まったく改変していないという頑固と信念が、ガス万能時代になっても脈々と生きつづけ、伝えられつづけ、愛されつづけている。壊れたら製造元へ送り返してくれさえしたらタダで完全にしてあげますというそのサービス精神も現代稀な肉厚のあたたかさがあって、ウムといいたいな。

ダンヒルは室内でしか使わず、しかも自宅以外には持出さないようにしたので、紛失することはなくなった。しかし、イムコとジッポは戦場だろうと魚釣りだろうと、アウトドア・ライフには不可欠なので、そして例によってしじゅう紛失するものだから、いつでも予備を二コか三コ、用意しておいてから暮すようになった。いつ紛失してもつぎの一コがその場で出せるようにバッグに入れてある。戦争最盛期のサイゴンでは路上に弾丸よけの呪文の彫り屋が何軒となく店をだしていて、ＵＳＡ製の真鍮の原板を何種類も持っていた。その何種かの呪文のうちでももっとも気に入った、もっとも長い、もっとも手のこんだのを手持ちのジッポに彫りこませ、そのジッポを二コも三コもバッグにひそませておき、いつ失っても平然とその場でつぎのをとり出せるように用意しておいた。ジャングルへ浸透する作戦のときも日航のチケットといっしょにいつでもバッグには歯ブラシと歯磨きとライターの石と油が入れてあって、どんなことがあってもこのバッグは身辺から離したことがなかった。

Yea Though I Walk Through The Valley

Of The Shadow Of Death I Will Fear
No Evil For I Am The Evilest Son Of
A Bitch In The Valley

いかにもヤンキー風の茶化し半分のこの聖句を手持ちのジッポにすべて彫りこませておいた。サイゴンではしじゅうジッポが蒸発したけれど、おなじものが何コとなく用意してあるので、去るものは去らしめよ、来るものは入らしめよ、まったく気にすることはなかった。さっさとつぎのをとりだせばいいのである。

このうち銀メッキのが一コとふつうのクローム・メッキのが一コ、どうやら生きのこった。そこで、銀メッキのをもう一コ買って、おなじ罰当り文句を彫りこませ、それには油も何もささないで菓子箱にしまいこんでおき、手垢まみれの奴をいつどこで失ってもいい気持で野外へ持っていくようにした。アラスカからフエゴ島までの両大陸縦断の旅行は九ヵ月かかったけれど、このライターは毎日毎日、ジャングルで、砂漠で、シャツのポケットで、ジーパンのポケットで、酷使と隷従《れいじゅう》をしいられたのに、ついに一度も脱走することなく、トーキョーへもどってきた。不屈で、寡黙だが、お呼びにはいつでも一度でこたえ、忍耐強く、誠実であり、けっして裏切ることもなければ、ふくれッつらで黙りこむこともなかった。こうなれば、もう、事物ではない。

指の一本である。頭もあれば心もある指の一本である。

グェン・コイ・ダン少尉とオイル・ライター

それだけは　よしておくれよ
ビールの置き注《つ》ぎ

石器時代の昔のように感じられる昭和二十年代にアサヒビールから「ほろにが通信」というPR誌が刊行されていて、当時としてはきわめてユニークで洒落《しゃれ》たものだった。若い三国一朗が鋭い才腕をふるって編集していたB5判のグラビア誌だが、荒涼と混沌をきわめていたあの時代には砂漠の水のようにキラキラ光って見えたものだった。そこに毎月、ほろにが同人の作る戯《ざ》れ句がでていて、ほかにも微笑、苦笑、哄笑で読まされたのがたくさんあったけれど、どういうものか、この一句だけが頭にのこっている。

この句をちょっと借りて

それだけは　よしておくれよ

タバコの火つけ

といいたいのである。

ビールの泡とかタバコの煙りなどと申すものは完全なプライヴァシーであり、一種のモビール作品であって、そのプップッと上昇しつづける、また、ユラユラともつれる運動ぶりを眺めるのが放心の愉しみなのである。バーへいくとしばしばこの愉しみがそこなわれる。ひそかに空白の充実を愉しみつつある詩人の魂をオンナが奪ってしまう。ビールをドボドボと注ぎたしたり、マッチの火をつけて顔のまえにつきだしたりして、サァ飲め、サァ吸えと、強制なさる。この過剰サービスは鈍感で、図太く、毎度のことながらウンザリさせられる。余計なお世話だよ。ひっこみやがれ。白拍子。

はじめてガス・ライターが出現したときには新鮮なオドロキがあった。焰のサイズを自由に調節できるし、燃料を一回注入してからの保《も》ちのよさ、指が煤《すす》でよごれないことなど、感服させられたものであった。しかし、おいおい使っていくうちにマイナス点にも気がつきはじめる。百発百中で点火できるのはいいけれど、ライターの蓋をひらいた瞬間に着火しないことにはシューシューとガス洩れの音が耳についてならない。モッタイナイという気がしてくる。あわててタバコに火を吸いつけなければならない。何やら追いたてられるようである。タバコ吸いには火をつけたり、焔を眺めたりするのが愉しいことなのであるが、ガスはこの愉しみを便利に替えた。一瞬か二瞬のこころからゆとりと遊びを奪い、いわば芸術を技術に替えてしまった。タバコの火を台所の火とおなじものにしてしまったのである。〝ジァキューズ（余は抗議する）！〟と、いいたいね。

　どういうものか、同胞にはつねに付和雷同のこころの癖があって、その病巣はいつまでたってもはびこりつづけるようである。思想、書物、ファッション、料理、森羅万象、はびこりだしたら最後、トコトンまで一億人が一色に塗りつぶされないことには気がすまない。ガス・ライターが流行しだすと、ネコが杓子《しゃくし》をかついでガス・ライターばかり使いだし、あちらこちらのタバコ屋からいっせいにオイルの缶が姿を消してしまった。たまに見つかると一度に五コも六コも買いこまないことにはつぎが入手できないという不安があって、バカバカしいったらなかった。地方の小さな町へいってタバコ屋でライターの油をといったら、婆ァさまがダンヒルだ、ロンソンだ、デュポンだとボンベをつぎつぎとりだすので、いや、そうじゃない、ガスじゃない、油ですよ、油はないのとたずねると、どこの田舎者が来やがったというような猫背の眼つきで、そっぽを向き、相手にもされないのだった。

　そのうちフランスでビックが登場し、たちまち列島にも火がついて、一〇〇エン、二〇〇エンの使い捨てライター時代となる。これまた安くて、便利で、百発百中で、燃料の保ちがよく、〝技術〟と〝平均化〟の時代の象徴みたいな神器となった。しかし、例によってしょっちゅう紛失するので、一コのライターをとことん最後の一滴まで使いきってからポイと捨てたという経験がない。かならず中途半端のままで、バーか、タクシーか、駅かで消失、蒸発してしまうのだった。その本質ばかりはオイル時代もガス時代も変ることがなくて、やっぱり生物《いきもの》であるらしいナと、さとらされる。そのうち主としてビック用だが着脱自由の、純銀製だの、赤革巻きだの、外装ケースが高級ファッション店から売りだされるようになり、デザインがなかなかいいので、一つ、二つ買って使ってみたが、これまた、たちまちポケットから遁走して行方不明となる。二〇〇エンのライターのためのX万エンのケースという絶対矛盾的自己同一性の妙を愉しむつもりだったのに、それがリスのように逃げていくのではたまったものではないから、やがて、ヤメにした。

ガス全盛の独裁者なき絶対専制時代にもオイル・ライターはひそひそとあちらこちらでオイル缶を買って使いつづけた。燃料を夜ふけに勉強部屋で猫背になって注入するときはガス・ボンベのようにシューーッと一瞬で終らせることなく、古風な白い綿にオイルをポタポタと滴落させて、綿がしっとりジックリと濡れるところまで見とどける。それが毎夜の原稿書きのまえの、おまじないみたいな儀式となった。

イムコは火をつけるだけが芸だが、ジッポでは一つ、二つ、それ以外の芸ができる。ふつうこのライターは右手でガップリ握り、拇指《おやゆび》でポンと蓋をはねあげてから、ヤスリをこすって火をつける。そこをだネ。蓋の上部のある部分を拇指の腹で、ちょいとしたコツと熟練でこするだけで、蓋がポンとひらく。そういう部分と熟練がある。蓋の上部のまんなかからホンのちょっとズレた部分をヒョイとこすったらやれる。そのとき拇指の腹が脂や、油で、ツルツルすべらないようにしておくのがコツといえばいえる。もう一つの芸はヴェトナムで教えられた。これはウカツにやるとズボンに火がつくが、アウトフィールド・ライフではなかなか洒落たマニエールである。ジーパンなり、野戦服なり、その太腿へサッとジッポを走らせる。その摩擦で蓋がポンとひらく。つぎに手を返してライターの向きを変え、それをこちらへ走らせる。そのときヤスリをズボンにこすりつけて回転させるようにする。ボッと火がつく。ズボンに燃えうつる瞬前にそいつをタバコへ持っていく。片手でジッポを太腿へサッ、サッと二回往ったり来たり。それを一瞬にすばやくやってのけること。コツはすばやさにある。ちょいと洒落た、キビキビした着火法である。ライターを指ではなくて腿でつけるという奇手であるんだ。

フランス遠征軍は前哨陣地を三角形に作る戦法を考案した。三角形の三辺にそれぞれ塹壕を掘り、三つの頂点に監視ポイントをおき、機関銃座も設ける。もし陣地を方形に作ると、辺が四つになるから、塹壕も監視ポイントも四つになる。そうなると三角のときよりは人員も火力も余計に分割されて、ムダになり、損であるというわけである。第一次ヴェトナム戦争の（ヴェトミン軍とフランス遠征軍の）この戦法がうけつがれて、第二次ヴェトナム戦争でもおなじ発想法で前哨陣地が構築された。ヴェトナム政府軍とアメリカ軍は三角陣地のなかで起居したのである。ベン・キャットはサイゴンの北西五〇キロ、国道13号線上にあるアウトポスト（前哨陣地）で、鉄の三角とか、オウムの嘴《くちばし》とか、D地区などといろいろの名で呼ばれるジャングル地帯とミシュラン・ゴム園のすぐ近くにあった。このジャングル地帯がヴェトコンの聖域だったので、あたりはつねにホッテスト・ホット・スポットと呼ばれ、大、中、小、サイズを問わず、いつも戦闘がおこなわれていた。ミシュラン・ゴム園の整然としたゴムの木の並列はちょっと白樺林に似た風景なのだが、日が暮れるとヴェトコンの熟練のスナイパー（狙撃兵）がライフルを持って浸透してくる。だから三角陣地では日が暮れたら塹壕の上にすわってタバコを吸うなと、されていた。吸うなら両手で火をかこって吸えと、いわれつけていた。

ある日の夕方、ケチャップをドタドタとまぶした、ぐにゃぐにゃのスパゲティを食べたあとで、ぶらぶらと散歩し、塹壕の壁にもたれてタバコをふかし、宮殿か首都の炎上のような、燦爛《さんらん》たる亜熱帯アジアの夕焼空を眺めていると、顔見知りのグェン・

コイ・ダン少尉がやってきて、雑談をはじめた。少尉はショロンの中国人の服屋が作ったオリーヴ・グリーンの野戦服をチラと一瞥し、胸に白布で姓名が刺繍《ししゅう》してあるのを指さして、明日の作戦でヴェトコンの捕虜になったときのことを考えるのならそれはとっておいたほうがよいと、忠告してくれた。どうしてと、たずねると、少尉はだまってすばやくジッポを太腿に走らせて蓋をひらき、ヒラリと手を返してそれをすばやくもどらせ、火をつけたとたんにタバコへ持っていって、ゆっくりと吸いつけた。そして、ふつうの兵隊は殺されないが、将校は拷問《ごうもん》されるし、殺される。あなたが名札をつけているとヴェトナム軍将校と見られてやられる。日本人のバオチ（記者）だといっても信用はされないだろうと思う。何にせよ、それはとっておいたほうがいい。何かいいかけた顔をチラと見て、ダン少尉は短く、そっけなく、けれどしたたかな圧力をひそませて、

「ここは戦場ですよ」

といって、消えた。

哲人の夜の虚具、パイプ

タバコをやりはじめて二、三年遅れてからパイプをやるようになった。例の真鍮製の〝敗戦パイプ〟という煙管《きせる》だと紙巻が徹底的に吸えるので、ありがたいのだが、パイプだと灰皿の吸殻をほぐして何個となく一度に火皿につめこめるので、もっとありがたいとわかったのである。そこで闇市にでかけ、投売りのどうしようもない安物のパイプを買ってきて、灰皿をかたっぱしから煙りにすることに熱中、没頭した。このパイプはブライヤーでもなければサクラでもなく、ただの何かの木なので、たちまち内壁が焼けてヒビが入り、割れてしまったが、ずいぶん愛用した。

その頃すでにパイプ・タバコとして専売公社から『桃山』がでていたと思うが、その一缶を買う金がないので、吸殻でいっぱいになった灰皿を見ると、見栄も外聞もなく手をだし、つぎつぎと吸殻をほぐしてパイプのボウルにつめこんだものだった。米軍のPXから流れるパイプ・タバコにはもうちょっとたってからお目にかかったが、主として『ハーフ・アンド・ハーフ』と『プリンス・アルバート』と『ウォルター・

ローリー』であった。今ではこれらのブランドはパイプ・タバコとしては大衆品であるとわかっているが、あの頃にはひたすら羨望あるのみであった。何かのはずみで手に入ったときにはツンツンと甘く香高《かん》いその匂いに恍惚となり、火をつけるのがもったいなくてならなかった。

宮本百合子のある作品には極貧に陥《お》ちこんだ夫がタバコを吸いたい一心で他人の捨てた灰皿の吸殻に手をだし、それを見て妻がカッとなっていましめるという光景が描かれているが、当時たまたまそれを読むと、火のような怒りに襲われたものだった。この著者はどん底に陥ちこんだ男について理解もなければ共感もない。壮烈で高潔な観念に気化されてしまったお嬢さんにすぎないと、ひたすら思いつめて憎んでしまうこととなった。その痛感はいつまでも残り、のちのち彼女の書いたものは小説であれ、エッセイであれ、すべて、読後感を公平に澄明に分析しようと思うときにはきまって一滴の苦《にが》りとなって登場し、最後まで残ったものだった。煙禍懼《おそ》るべし。

生活の必需品としてこうしてパイプを吸うようになったのだが、ふつうこの事物は人の思念と表情を閉じずにはおかない魔力を持つので、シガレットとはまったく異なる。シガレットはオープンであり、小さくあり、誰の眼にもとまらないが、パイプは書斎にひとりきりでたてこもるときの用具であるからして、いわば夜の虚具である。シガレットは昼の実具である。ここに微妙な差があって、虚具と実具を混同してはならないのである。深夜の独居の虚具を白昼の用談のさなかに持ちだしてみると、はなはださしさわりのある異物となる。君はオープンと率直と数字をタテマエにしきっている相互歩みよりのなかへとつぜん孤立、閉鎖、瞑想、疎外などのアトモスフェールを持ちこむのであるから、何となく煙《けむ》たがられることになるであろう。君が何も気にしなくても、相手が気にしすぎるということになり、そのことを君に告げないという結果になる。

つまり、君はアホやということになる。もし君がパイプ・スモーカーでありながらビジネスもうまくやってのけなければならないという身分と地位にあるのなら、他人《ひと》のいるところではパイプを吸うな、ということである。それは君の感じやすく、傷つきやすく、あくまでも人なつっこくてアホな心情にもかかわらず、たった一本のパイプで、傲慢《ごうまん》、無礼なヤツと見られ、とられてしまうのである。いつまでたっても組織体内で出世できないでいる、そしてたった一本のパイプをのぞけば君自身何百回反省してみても何故そうなのかということを君はついに理解できず、妻はキッチンかトイレでめそめそと涙を落しつづけることであろう。

(それを逆手にとってヌケヌケと押しだして成功した例としては竹村健一があるが、だからといって誰もがそれで成功できるわけではないから、御注意を)。

以上はもちろん誇張であるが、パイプの本質をハッキリさせるために書いたことである。アインシュタインもパイプ・スモーカーの一人だったらしいが、あるとき全米パイプ協会の会長としてスピーチをやり、パイプにはそれを吸う人の思考を方法的ならしめる何かがありますと、いったとか。

小説家は誰が見ても虚業家といえる職業なので、虚具はおおっぴらに夜も昼も使うことができる。そこで、しばらくのあいだ、本を一冊書きあげるたびに記念としてパイプを一本買うという習慣にした。パイプはおもしろい用具で、買うときにはにぎってみたり、つまんでみたり、木理《グレーン》をあちらから眺めたりこちらから眺めたり、手と眼でさんざんなぶったあげくにようやくこれなら好きになれそうだと見当のついたのを選ぶ。それで予想通りに好きになって長続きするというのはめったにない。一年だけつきあってあとは五年も七年もほりっぱなしにしておく。ところがある雨の日に退屈しのぎにカーボンケークを削ったり、鹿皮と鼻の脂で磨いたりしているうちに、ふいに火を入れてみようという気になる。火を入れてみるとオヤと思うくらい調子がいい場合もあり、やっぱりダメだという場合もある。そうやって煙りと心のゆらめくままにあのパイプ、このパイプと気ままに浮気してあるくのが愉しみの一つなのである。そして一つのパイプがなぜ好きで長続きするのかは、他人にはなかなか口で説明することができない。事物は寡黙だけれど奥深く精妙に、ネコのように体をひっそり寄せてきて、さまざまに訴える。沈黙の名演技者である。

ぶどう酒は栓を抜いてみるまで油断ができない。パイプは火を入れて何年もたってみなければわからない。シガレットは火をつけたら誰にでも吸えるけれど、パイプはそうはいかない。タバコの葉のつめかたに序破急のひっそりとした精妙と熟練が必要とされる。たいていの人が一度はパイプをやってみるがすぐにほりだしてしまうのは火つけがうまくいかないからである。一度まんべんなくボウルに火をまわし、葉がむっくり体を起してきたところをやんわりおしつぶし、もう一度まんべんなく火をまわす。それからじわじわちびちびと吸い、たっぷりと時間をかけて、タバコの葉の最後の最後の一片まできれいに灰にしてしまう。これには歳月と慣れが要求される。何よりも心が要求される。生きることに心せき、感ずることに急がるるという年齢にあっては、まず、無理である。もし若い人でパイプのロング・スモーキングの名手がいたら、それこそおかしなことである。ロング・スモーキングそのものにマラソンとおなじくらい熱中するという趣味の持主なら話はべつだけれど……

パイプについて厄介なことはいくつかあるけれど、その一つはボウルの内壁にカーボンがたまること。もう一つはヤニが煙道にたまることである。カーボンはカーボン・カッターなり、ナイフなりで削りとるが、刃の鋭いのは木壁を傷つける恐れがあるから、ちょっとナマクラでカリカリとやるのがよろしい。つぎにオッユ。これがたまるのは下手な吸いかたをやってる証拠であって、セカセカ吸うときまってボウルの底にオツユがたまってジュルジュルと音をたてる。クソッと強く吸いこむと、にがいヤニがいきなり煙道を走って口のなかにとびこむ。これを避けるにはジワジワちびちびとパイプを吸う悠閑の心を体得するのが第一で、歳月が必要とされる。パイプ・タバコはジワジワちびちび吸うと独特の豊満な香りがたってきてオヤと眼を瞠《みは》りたくなるものである。その香りは火を通してみなければでてこない香りである。それもゆっくりと火を通さなければでてこない香りである。しかし、一服吸ったあとにすぐに忘れずにクリーナーをつっこんでおくとオツユを吸いとってくれる。綿を厚く柔らかく巻きつけたクリーナーを選ぶことだけ。これを忘れずにやっておくと、煙道がいつもきれいだから、涼しくて香りの高い煙りが愉しめるのである。綿がフカフカと厚いクリーナーをお忘れなく。つねに。

いろいろの人にプレゼントしてしまったので、一時は六十本近くのパイプがあったのに、今は二十本くらいである。そのなかでも常用するのは二、三本だけで、とりわけどこへいくにも持っていくのは一本だけである。これはダンヒルの〝オーサー（著作家）〟と名のついたやつで、木の切株みたいにそっけないデザインだが、ボウルの底が平たくなっているので、火を入れたまま机にたてておくことができる。ダンヒルは他にたくさんあり、ホルベックもデュポンもコノウィッチもアンネ・ユリーもあるが、どういうものかここ十年ほどはこのパイプに飽きないでいる。これにはボウルの長いのと短いのと、二種あるみたいだが、いま使っているのは長いやつである。サンド・ブラストの凸凹仕上げだけれど、うまく説明できない理由によって、どこへでも持っていく。

アフリカ西海岸へビアフラ戦争を観察にでかけ、雨期のびしゃびしゃ雨のさなかでラゴスの市場の悪臭ひしめく道ばたで、ぼんやり通行する人びとの姿態を眺めつつ、このパイプをくゆらしていたことがあった。全身がカエルの肌のように湿り、とらえようのないカビのような憂愁にはびこられて、火皿を手でかくしつつ煙りを細ぼそとたてることに心を奪われていた。

するとと通りがかりの長身の、貧しい身なりの黒人が、野太い、しゃがれた、あたたかいアフリカ声で、そっぽ向いたまま、英語で、

「あなた、哲学者ですか？」

さっさと大股、足早に消えた。

七日間ごとの宝物、ウィーク・パイプ

ブライヤーと呼ばれる木そのものを見たことはないけれど、根塊は何度も見せられたことがある。この木は地中海沿岸からアフリカにかけて育っ灌木で、白い花を咲かせるらしいが、根のことしか話題にならない。ゴツゴツの岩だらけ、お湿りもなければ肉もない、土らしい土のない、ガサガサの荒地に育つ木なので、その根は不撓不屈。ブツブツのイボだらけの巨大な山芋といった形状のものになる。

この根を掘りだしてきて幹から切りはなし、よく日干しにしてから切りきざんでパイプをつくる。パイプの材料としてはこの根は軽くて、硬く、緻密であって、焦げはするけれど燃えることがなく、現在のところこれ以上のものはないとされている。サクラも硬い木で、パイプにするとなかなか魅力があり、独特の柔らかい匂いがあるので、それがタバコの香りとまじっていいぐあいになるからフランスにはサクラ専門のパイプ会社がある。しかし、ふつう、パイプといえばブライヤーと答えるくらいに、ブライヤーは尊重され、流布され、それゆえ原産地では古木の根塊が掘りつくされて、資源枯渇であるらしい。

ガサガサの荒地でゴツゴツの岩をおしのけおしのけゆっくりじわじわと大きくなるものだからブライヤーの根は文字通り盤根錯節。木理《もくめ》は金属さながらに硬くて、ツマって、緻密である。ストレート・グレーンといってまっすぐに走る木理と、フレーム・グレーンといって焔状に幅広くゆらめいて走る木理とがある。この木理を切ると切断面にバーズ・アイ（鳥の眼）とバーズ・ネスト（鳥の巣）と呼ばれる二種の精妙な紋様があらわれる。これら四種の木理が一本のパイプの壺のあちらこちらにあらわれるようにパイプ・アーチストは慎重、精妙に手と頭を働かせて夜ふけの仕事を進める。四種の木理をそれぞれに完璧な状態で一個のパイプに出現させるためには原材料を厳選また厳選しなければならず、ふつうのマシン・メイドのパイプなら何十本とできる分量の原料を苦もなく見捨てなければならないのだから、タイヘンである。したがってお値段も、タイヘンである。

ダンヒル社はライターとパイプで出発進行した会社であるが、現在のこの社のパイプにはハンド・メイドとマシン・メイドの二種があり、そのうちハンド品は同社の工場のアーチストが趣味でつくる程度だから、めったに入手できない。あとはマシン品ばかりである。とはいっても名門のプライドがあるから、マシン品も厳選また厳選してから市場へ出され、たくさんの厳選流れ品は二流の他の社へ身売りされて、別のブランドを刻印されて市場へ流れる。戦前にはまだブライヤーの根塊が豊富にあったからダンヒル社も選択の自由がきき、立枯れの古木の根が最高であるとして、これをDR（Dead Root）と命名し、しかもいくつもの段階に選別して特選品として売った。どこをどうしてガメてきたものか、このDRを一本、安岡章太郎氏は所持していて、イヒ、ヒと品のわるい笑いかたをしながらちらちらと見せ、ホ、ホウといってこちらが手にとろうとすると、すばやくとりあげちゃうのである。

第二次大戦後、どういうわけか、デンマークでパイプのハンド・メイドの気運が起り、名匠、俊秀がつぎつぎと輩出した。このマエストロ（巨匠）たちの手仕事は従来のパイプのデザインの固定観念を粉砕して、飛翔また飛翔、奔想、綺想、ほとばしるままであった。それでいて素材そのものの妙味である四種の木理を生かす一点では誰しも一致したから、パイプ屋の窓はみごとな木彫品の展覧会と化した。じっさい、原材を厳選また厳選して木理とデザインがおたがいを誘発しあいつつ昇華されたパイプの傑作となると、見ているだけで惚れぼれしてくる。木でできた貴石、木でできたペルシャ絨緞といいたくなるようなその精緻、その巧妙、その飛躍、そして木そのものの持つ天巧のあたたかさと微笑と荘重があるから、そういう逸品は実用品としてタバコをつめて火をつけて焦がすのがいかにもモッタイナイと見えてくる。書斎のテーブルにおいて、毎日、鹿皮でせっせと磨き、つやつやと輝くところを眺めるだけで満足し、それでいいのだという気になってくるのである。ついでにさいごにお値段を見て吐息をつき、ショーウインドーに残しておくしかないとわかり、それでいいのだと自身にいい含めて去る。

メアシャウム（海泡石）のパイプは〝パイプの女王〟と呼ばれる。これは軽くて、柔らかくて、いいツヤがでるので、パイプとしてはなかなかいい原材料なのだが、何といっても、モロイという欠陥があり、傷がつきやすいという欠陥がある。とくに一服終ったあとの熱い状態にあるときはハラハラさせられ、テーブルにおくのもソッと気をつかっておかなければならない。そのためにウィーンではこのパイプのために右手だけの絹や鹿皮でつくった手袋をパイプに添えてウインドーに並べている店があるくらいである。この原材料はトルコが名産地であるとされ、その後アフリカでも産出されるようになったが、イスタンブールに立寄ったときにアップル型のを一本買った。そのときは珍しく財布にゆとりがあったので、ヒルトン・ホテルのボスポラス海峡側の部屋に泊った。この海峡は昔から〝東〟と〝西〟の境界線と呼ばれていて、ヒルトン・ホテルでもその夜の港の灯が見える側の部屋はおなじ階でもちょっとお値が張るのである。たまには眼にもむだな愉しみをあたえてやろうと思ってその側の部屋をとり、夜になるのを待って、窓ぎわで買ったばかりのメアシャウムのパイプをくゆらせてみた。夜の港の灯はイスタンブールも香港もおなじことだが、その地点にいるのだという感慨が感傷を凝結してくれたらしく、無数の漁船の灯の小さな、乱雑な、豪壮な宝石の乱舞がいまでもありありと思いだせる。

北米大陸には海と川をいったりきたりしている魚がサケ、マス、イワナ、たくさんいるが、淡水棲の海魚、つまりもともとは海棲だったのが淡水へ養子にいってそのまま棲《す》みついてしまっていまでは塩辛い水を忘れはてているという魚もたくさんいる。そのひとつがバーボットで、もとはタラである。またそのひとつはシャッドで、もとはニシンである。あの大陸には川に棲むタラやニシンがいるのである。このシャッドには何種類かがあるけれど、好奇心と闘争心が旺盛で、ルアーをよく追い、鉤にかかると猛烈にジャンプするので、釣師が眼の色変えて追いまわす。そこで、いつごろからともなく、誰がいいだしたともわからず、このシャッドのことを〝貧乏人のサケ〟と呼ぶようになった。おなじデンで、トウモロコシの茎を圧縮してつくる〝コーン・コブ〟、使い捨てのパイプ、マッカーサーで有名になったあのパイプ、あれのことを〝ミズーリ・メアシャウム〟と呼ぶヤツがいるというのだが、なかなかいい命名法であると思われる。

綺想奔出のデンマークのパイプ・アーチストたちの名作、傑作、奇作のパイプを〝ファンシー・パイプ〟と呼び、それまでの従来のデザインのパイプを〝クラシック〟と呼ぶ。ファンシー派にはイヴァルソン、コノウィッチ、ハンセン、ユリー、たくさんいる。この人たちの作品は一本ずつに作者名が刻印してあり、どれもがまっとうな手仕事であり、ブライヤーの自然の持味を生かすことに苦心しているという一点ではみんな共通している。こういうパイプはコレクションには何本か、かならず入れておきたいところである。しかし、日常火を入れて酷使し、ぞんざいに扱い、しかも眺めて美しく、飽きがこず、あらゆる芸術の至境である単純な深さ、深みのある簡素という一点をめざして精進しているのはゲルト・ホルベックであろうかと思う。もともとパイプはヒトが草を干して何かにつめて吸うという無駄な充実にふけるようになってから形状も材質も無限に変化しつづけてきたものなのである。現在のデザインに到達するまでにはあらゆる地域であらゆる材質によるあらゆるデザインの遊びがあり、不満、飛躍、その場かぎりの満足、さまざまな試練をかいくぐってきたのである。ホルベックはこの点に注目し、ブライヤーの四種の木理をフルに生かして荘重な華麗を生かしつつ、それを古典の簡素と提携させようと苦心しているかに思われる。この人のパイプは木彫作品としても生活の実用具としても、いつ見ても、いかにもみごとである。深く、巧みで、簡素であり、しかも流麗、かつ荘重である。何しろ、飽きがこない。ソコだ。

昔、ダンヒル社では〝ウィーク・パイプ〟といって、月曜から日曜まで、七日間、一本ずつデザインの異なるパイプをスウェード革張りのケースにつめて紳士用贈答品として売っていたことがあった。木理の発現ぶりではデンマークのハンド・メイド派には劣るけれど、厳選また厳選の七本をセットにしてズラリと並べてみると、なかなかみごとな重厚と華麗がある。これがほしくてほしくてならない一頃があったが、たまたま女房が香港へ中国料理の勉強にでかけたときにダンヒル支店でこれを発見し、ヨチヨチ英語で店内へ乱入し、猪突猛進（……と想像されるのだが）、とにかく購入して帰国。眼を剝《む》く、手をふる、体をくねらせる、いくつとなく凄文句《すごもんく》を並べたてたあげく、お上《かみ》へそっけなく奉納ということになった。そのキンキン声には閉口させられたが、革のケースを手にとって開いてみると、一言もなかった。けなげ、みごと、あっぱれな買物であった。見ていると視線が七本のパイプのそれぞれにしっくりふくよかに吸収されて、チカチカきらきらはじきかえしてくるものがまったくなく、惚れぼれと吐息をつくしかなかった。

ところが、この七本のパイプはあくまでも実用品として製作されたものであるから、〝サンデー〟と金文字で書かれた一本から着手し、以後一本ずつ、一日じゅう吸いつづけていると、水曜日あたりで肺がまッ黒になるような気がし、フラフラになってやめた。どうやらこれは書斎のテーブルにおいて、ときどき開いて息を吸って嘆賞し、ときたま任意の一本をとりあげてタバコをふかし、吸いおわるときれいに徹底的に掃除してからうやうやしくもとへもどす、そういう宝物であるらしかった。しかし、それ以外にも何か実用があるはずだと思い、かねてからダンヒルのＤＲを自慢している安岡章太郎氏に、あるとき、座談会の席でソッと見せてやったら、一瞬彼はギョッとした眼つきになったが、たちまち体勢をたてなおし、不満をよそおって、

「ウン、君は慾しがってたからナ」

そっけなく呟いた。

Ⅳ　夜ふけの歌

夜ふけの歌

某月某日

夜ふけにウィスキーをちびちびとやる。原稿がなかなか進まなくて困る。魔よけのオマジナイにといってサイゴンで買ったトラの爪を首にかけて机のまえにすわっているのであるが、なかなか幸運をひっかけてくれない。戦争でトラやゾウなどはとっくに逃げたはずだと思うのにあの都ではたくさんトラの爪のキー・リングや、ゾウの足の雑誌入れなどを売っていた。一説によるとプラスチックで、日本製なのではあるまいかという。燃やせばわかるといわれたが、そのまま首にかけてある。

ウィスキーを飲みつつ文章を書くのはむつかしい。酔って酔わず、さめてさめずという状態をコンスタントに保つのがむつかしいのである。アルミの茶瓶をそばにおいて、ちょいちょい口うつしに水を飲んではウィスキーをやるのである。井戸水だから水はとてもうまい。私の住んでいる杉並のはずれは昔から水だけはとてもいいのだそうである。井戸水を飲み慣れると、たしかに水道の水はカルキくさく、味がないとわかる。

某月某日

インド人の新聞記者が午後やってくる。今年のインドの食糧難(毎年そうだが……)、ちょっと想像を絶するような話をめんめんとして帰っていった。毛沢東でもダメ、レーニンでもダメ。誰がきてもダメ。政治ではどうしようもない。水。雨。とにかく水がなければダメ。考えつける唯一の策は、何百万人と人間が死んで人口が減らなければどうしようもないという話である。

「われわれはいつも五カ年計画の第六年目にいるんだよ」

という。政府の計画はいつも失敗しているという皮肉である。ソヴェトや中国が農業がうまくいかなくてカナダから小麦を買付けるので、インド人が手をつっこむすきがないともいった。小田実がこのあいだインドから帰ってきて、「友情による奴隷会社」という会社をつくって、人手不足の日本にインド人を輸入してはどうかといってた。ドイツ、フランスなどは、スペイン、ギリシアなどの困民を政府間協定で毎年、〝輸入〟しているのだから、考えてもいいことである。

今夜もウィスキーちびちび、水ちびちびで仕事。『朝日ジャーナル』に連載の小説の原稿。新聞に小説は以前一回だけ書いたことがあるけれど週刊誌はこれがはじめて。輪転機の貪婪さに茫然となるばかりである。今年はこの小説と『文學界』に連載の二つだけ。あとは何もかも御辞退して家にひきこもったきりの毎日で、酒場にもいかず、パーティーにもでず、精進一途なのだが、毎夜、ヒイヒイと音がする。

某月某日

岩波書店の宇田さんから電話。昨年暮れからののびのびになってる案件をどうするか。彼ら夫妻は昨年末発作におそわれたように貯金をハタいてパリへいき、十日間、パリで暮し、ふらりと帰ってきた。ひどくシャレた旅をやったのである。土産にストラスブール産フォア・グラと、キャヴィアと、ゴルゴンゾラ・チーズ、ナポレオン・コニャック。それが夜な夜な解放を求めて泣く声がやかましくて寝られないという。五月三日に藤沢の彼らの家へいくこととする。安岡章太郎宅に連絡の電話。留守。ほっといてやろうかしら。二倍食べられる。便りなきはよき便りというしネ。

某月某日

サン・アドの坂根君から電話。このあいだパリへいった原了力の佐久間稔君がマディラの本格逸品を一本くれたので、いつか飲もうといってあった約束である。坂根君はいつがいいかという。銀座の「煉瓦屋」なら持込みをゆるしてくれるかもしれないから封を切りたいというのである。ウムウム、そうネなど、寝そべったまま生返事する。宇田君の場合とおなじである。こういう約束は煮えきらない返事をしているあいだが楽しいものである。

『渚から来るもの』の主人公はとうとう今夜、ガレージで寝た。彼とアムールーズはガレージにベッドを持ちこんで暮している。それくらい貧しいのである。ガレージの奥には土ガメがある。ほかには何もない。その土ガメの水はとびあがるほどである。熱帯でも二月の夜ふけはそれくらい水が冷える。アムールーズとたがいに体を洗わせるが、二、三回あとの回にまわすこととする。

朝。五時。ペンをおく。

畑をわたる牛乳屋の瓶の音。

某月某日

昨年からずっと大江健三郎君に会っていないので、何ということもなく電話をかけたら、原稿がなかなか書けなくて、アルコールとノイローゼと肝臓だという。肝臓がわるいと目が黄いろくなるよといったら、ア、待ってと声がし、鏡を見ているらしい気配。ちょっとしてから、ア、ア、何ともないやという。いつもの被害妄想らしき様子。

昼は寝床のなかで読書。自分が作品を書いているときは影響をうけると困るので、そういうのでなさそうな本を読むことにしている。ゴリラ、チータ、魚、カワウソ、ライオンなど、今年になってから私はずいぶん読んだ。これで昆虫と植物がおもしろいようだともっと白昼がすごしやすいのだけれど、虫と花はあまり好きでないのでよわる。黒沼健氏や吉田健一氏などの前世紀の怪物の本などは何度読んでもつくづくたのしい。

夜。ウィスキーちびちび水ちびちび。

タイ式ボクシングのことを書く。

某月某日

大阪から小松左京がでてきて、夜ふけに電話。六本木の「シチリア」というイタリア料理店にいるという。

夜ふけの町へでていくのはじつに何カ月ぶりか。あいかわらずヤニっこい小僧どもが騒いでいるのかと思って十年程前に行ったことのあるその地下室へおりていったら、若者はあまりいなくて、小松左京が大きな声で何かマトモなことを嘆いていた。彼はしばらく見ないうちにまたまた顔が膨脹してホロンバイルの草原のようになり、そこに小さな細い眼があって、しきりに嘆いたり、笑ったりした。突然なにかせんずりがどうしたとかこうしたとかなどともいった。赤ぶどう酒を飲み、シェリーを飲み、ハイボールを飲む。加藤秀俊氏がいて、去った。星新一氏とそのスターズが来て、坐った。星さんとは、初めて。上方落語と江戸落語、西と東の笑いの相違の話などはじめたらたのしかった。西の笑いは開いていてユーモアであり、東の笑いは閉じていてウイットであるというのが私の説。星さんの笑いはウイットである。小松の笑いはユーモアとウイットの混合形である。私のこれまでに書いたものの笑いもどちらかといえばそうである。

帰巣。瞑想。困惑。放屁。就寝。

腐る

ぶどう酒は、ふつう、ぶどうの実を摘んでから桶に入れて人間の素足で踏みつぶし、その果汁を醱酵させて作るものである。ところが、ある種のぶどう酒は、ぶどうの実をつぶすまえに強い夏の陽に若干の日数干すということをする。ふつうのぶどう酒より一つ、プロセスが多くなるのである。どのぶどう酒もこうすればいいのではなく、そのぶどう酒だけがそうするのである。そのためにこのぶどう酒はグラスにつがれてから抜群の本質をあらわしてくれるのである。このプロセスのことをフランス人は〝貴い腐敗〟、プーリチュール・ノーブルと呼んでいる。

二十代の後半のある日にこの言葉を私はおぼえ、感じさせられることがあったので、それ以後忘れられない言葉となっていて、何かにつけて思いだし、そこからいくつかのイマージュや観念をひろげてみたり、ちぢめてみたりして、しばらく時間をうっちゃることがある。三十代に入ってからしばしば外国へいくようになり、しばしばパリへいくようになったので、さっそくこのぶどう酒を買って飲んでみたが、腰が強壮でゆたかな、堂々とした酒品であった。それを一滴ずつ舌にのせてころがしたり、歯ぐきにしませたり、口いっぱいにひろがる霧を鼻へぬくようにしてみたりしてたわむれながら、ある種の気質が作りだす作品にも〝貴腐〟がなければならず、そこをくぐらなければならないはずだと考えてみた。わが国の場合だと、どうだろうか。その酒が強く豊満なものだったので、永井荷風、谷崎潤一郎、岡本かの子、石川淳、三島由紀夫、佐藤春夫といった人びとの作品がつぎつぎと思いだされた。〝文学はときにパンではないかもしれないが少なくともつねに酒ではあるだろう〟という意味（のはず）のモームの警句が思いだされ、ひょっとしたらまちがっているかもしれないが、〝芸術のための芸術ということがいわれるが、かりに、ブランデーのためのブランデーというものがあったとしてもいったい誰が飲むだろうか〟という皮肉がその警句の結びになっていたのではないかしらと考えたりした。モームは警句の恐るべき名人だったから、ほかにいくつも浮沈、明滅した。

〝貴腐〟はぶどうの実を腐らせて糖分を濃くさせるためにおこなわれるのだと説明されていたと思うが、あらゆる味のうちには峻烈無垢そのものの岩清水の味もあれば生焼けのビフテキの味もある。しかし、酒、味噌、チーズ、その他その他、醱酵によって作られた味、腐敗によって作られた味には、フナずしもそうだし、クサヤもそうだし、ゴルゴンゾラもそうだが、いいようのない魔味があると思う。とりつかれずにはいられず、とりつかれたらはなれることのできない魔味だが、ひとことでいうと、それは、おとなの味である。甘、酸、辛、苦、鹹《かん》の五つのどの味にもわたりながらどれか一つではない、玄妙、渾熟というか、厚さもあり、深さも深い、類別しようのない味である。成熟するためには腐らなければならない。腐敗は恐れ、避けてはならず、むしろすすんでさらけださなければならない。それが貴いか賤しいかは何年もたってみなければわからない。経験、イマージュ、言葉をつみとり、たくわえ、陽にさらし、腐らせ、踏みつぶさなければならない。頑強な、厚い、暗い樽に封じてその闇のなかでつぶやきをかわさせあい、クモの巣と冷暗のたちこめる地下の闇のなかで何年となく眠らせなければならない。才能で書くのでもなく習練で書くのでもなく、それらに助けられながらも自然を主役として書くときがなければならない。

ということは誰もが石器時代から知っていたことだが、現実を見まわしてみると、賤腐の作品はゴマンとあるが、貴腐をくぐった作品はじつに少ない。少ないというよりは、ないといったほうがいいかもしれない。現代の作家はたえまなくいそがしく、いつも何か書いていて、寝るひまもなければ、腐るひまもない。腐らせるべき果実がそもそもあるのか、ないのか、そのこと自体がモンダイとなっている。貴いも賤しいもあったものではない。地下もなく、闇もなく、樽もない。あるとすれば果実のないからっぽの桶のなかでジタバタと足踏みするその足音だけである。

作家は
「人物がいない」
とつぶやく。
編集長は
「蓄積がない」
とつぶやく。
読者は
「………」
あくびする。

現代にブンガクは成立できないという理論は百でも千でもたちどころにならべることができるが、これは誰か一人が卵を割ってテーブルにたてることをやってみせたらたちまち蒸発してしまうことなので、いくら読んでみても、議論してみても、面白くもなければタメにもならない。そこで私は本や議論や人影のない山の湖へいって毛鉤を投げてマスにたずねてみようかと思う。魚釣りでもするかといって未明に山小屋をでていくのであるが、これまたなかなかたやすいことではないのであって、そんな、〝でも〟どころではとても釣れない。からっぽの手を何とする。

焼跡闇市の唄

近頃はあまり歌わなくなった。

昔はバーで飲むとよく歌ったものだった。ことに安岡章太郎氏といっしょだとしょっちゅう古渡りしゃんそんの鳴きっくらをしたものだった。氏のしゃんそんは一種独特のしゃがれ声で、パリへいったときにダミア婆さんのまえで歌ったことがあるという挿話が光っているが、『枯葉』『三文オペラ』も、みんなサッチモ風にやってのけるのである。氏のレパートリーと私のレパートリーはダブっているのが多くて、戦前の東和映画が輸入した作品の主題歌が原点だから、『自由を我等に』などというマーチ風の調子のいいのになると、ついつい共鳴現象をひきおこさずにはいられなかった。氏の記憶がカスんでムニャムニャとなりだしたら私が助け、私がムニャムニャとなりだしたら氏が補うというぐあいであった。

氏と私とではちょうど十歳ぐらいの年齢のひらきがあり、つまり一世代違うわけだが、それがどうしておなじ歌をうたえるか。氏はその昔の若き日、あまりの感じやすさのゆえに落第また落第をつづけて喫茶店に入りびたりとなり、やがてはいつかくるにちがいない赤紙におびえつつコーヒーを飲んでしゃんそんをおぼえたにちがいない。私のほうはどうかというと、敗戦後しばらく新しい映画が輸入されないので昔の東和映画ばかりが上映された時期があり、やがてレコード会社がそれらの主題歌を集めて発売するようになったので、それでおぼえたのである。その頃の大阪は空襲で赤い荒野と化し、いたるところ闇市があり、パンパンさんがのし歩き、私はパン焼工をしたり、旋盤見習工をしたり、その日その日を何とかうっちゃってはいたものの、空腹と不安でいてもたってもいられなかった。安岡氏が赤紙におびえてしゃんそんをおぼえたとすると、私は餓死におびえてしゃんそんをおぼえたのである。谷沢永一がつぎからつぎへと買ってくるレコードを借りて不安をまぎらすためにひたすらおぼえた。とうとうレコードがスレートみたいにツルツルになってしまったといって叱《しか》られた。

その頃、耳だけはよかったし、どの闇市でもどの店でも『バッテンボー』のレコードを昼でも夜でもかけていたから、この歌だけは町を歩いているうちにおぼえてしまった。ただ耳に入るままにおぼえてしまったので、あとになってから英語の歌詞を知ることとなり、訂正しようと努力したが、どうにもダメである。何度訂正しようとしてもダメなのである。原語では“Buttons and Bow! Buttons and Bow!”となっているが、十七度聞いても二十三度聞いても〝バッテンボー！〟としか聞けないから、そのように歌った。この歌は『マリネラ』のように最後の部分で息もつかず一気にまくしたてるようになっていて、たいていここで挫折してしまうのであるが、コッペパン（なつかしいナ！……）をかじりかじり、ひたすら修業にはげんだ結果、どうにかこうにか形をつけることができるようになった。こんなバカげたことに夢中になっていてはこれからさきどうなることだろうか。そう思うとたっていることもすわっていることもできなくなるのだが、しかし、だからといってほかに何もできることがあるわけではない。不安でワクワクしながらひたすらおぼえこんだ。

その頃におぼえた歌の一つに『会議は踊る』の主題歌『ウィーンとワイン』があった。ドイツ語だろうとフランス語だろうとかまうことなく私は棒暗記で頭から丸呑みすることにしていたから、これも丸呑みでおぼえた歌であった。そういう年頃におぼえたことはいつまでも消えずにのこっていくらしく、ずっとずっとあとになってウィーンへいったとき、その森のなかにあるグリンチングという居酒屋だけでできた村を歩いていると、通りがかりの一軒からヴァイオリンでこの歌を弾いているのを洩れ聞いた。思わずたちどまって耳を澄ましたが、何度聞いても、まぎれもなくこの歌であった。ドアをおして店に入ってみると、古風で頑健な樫材のテーブルをおいた好ましき居酒屋で、若者がアコーデオンをひき、老人がヴァイオリンをひいている。そこで白ぶどう酒を註文し、ヴァイオリンのそばにすわってちびちびとすするうち、とうとうがまんできなくなって、口にだして歌いはじめた。よくもこんな古い歌をいまだに、と私は感動しているのだが、おじいさんはおじいさんで、どうして私のように若い日本人がこんな歌を知っているのだろうと思ったにちがいない。

ひき終ってからおじいさんが、

「どうしてこの歌を知っているのです？」

とたずねた。私は、

「日本人は何でも知っていますよ」

と答えたが、そう答えるのが精いっぱいで、ドイツ語のストックがそこで切れてしまったから、あとは何やらむやみに握手してごまかした。おじいさんはニコニコしながらだまって私の胸のポケットにさしてあった細巻葉巻をぬきとった。

近年私はとみに記憶力が減退し、昔はおぼえすぎて苦しんだのに、あべこべとなり、忘れすぎて困るようになってきた。歌をうたうことも少くなったが、たまたま何かのはずみにうたってみると、あちらこちらに空白ができて立往生してしまう。突如として空白に出会うと、どうにも思いだすことができず、埋めることができないので、何かしら容赦ないものが無言のうちにひたひたと迫ってくるような無気味さをおぼえて、だまりこんでしまうのである。姿も形も見えない敵と出会って太刀さきの見切りで一瞬にやられるというよりは、太刀に手をかけるすきもなく決定があって敗れてしまったような感触を味わわされるのである。

　雪しろの時期に岸壁を走る水には淡くて小さな虹がかかっていたりするが、そういう水を飲むと、下界の水が飲めなくなる。山の湖でマスやイワナを擬餌鉤《ぎじばり》で釣ることを私はおぼえたものだから、バーにもいかなくなったし、パーティーにもほとんど顔をださなくなってしまった。去年は山の宿のルンペン・ストーブのよこでずいぶん焼酎を飲んで暮したが歌はついぞうたわなかった。今年は作品を書くのに沈頭していて、やっぱりうたわなかった。毎年歌をうたわない機会がふえていくようである。

もどる

酒の話をもうちょっと。

いわゆる〝戦後〟と呼ばれた時代はひどい金詰りだったので、社員にまともに現金で月給を払えない会社が多かった。そこで会社によっては月給のうちの不足分を〝現物給与〟でカバーするところがあった。自社製品を社員に配給し、社員はそれを闇市へ持っていって現金にかえるのだった。コンドーム屋さんはコンドームを、アルミ屋さんは鍋を、というぐあいである。闇市にはそうやって流れた品物がずいぶんたくさんあふれていたのである。私がコピーライターとして働らいていた寿屋《ことぶきや》という洋酒会社ではこれを組合がやった。組合で市販の自社製品のほかに『ローモンド』というウイスキーをつくり、配給券を社員に配るのである。平社員で月に三枚、重役で五枚というところ。その配給券に三〇〇エンをつけてだすと組合が売ってくれるのである。市販品ではないので飲みスケにはたいそう評判がよかった。正体は二級ウイスキーなのだが、瓶もレッテルも洒落たもんだった。『ローモンド』というのは《おお、うるわしの、ロッホ・ローモンドよ》と歌にもあるスコットランド高地地方の湖《ロッホ》の名である。

何しろ組合員がつくるのだからブレンドがまちまちで、オールドの味がするのもあれば白札の味がするのもあり、栓をあけてみるまではわからんのやという伝説があった。まるでぶどう酒みたいな話で、あとにもさきにもこんなウィスキーは聞いたことがない。なぜそんな伝説ができるかというと、工場でオールドを瓶詰したときにちょっと残りがでるとちゃっとローモンドにまぜよる。白札の残りがでるとそれまたちゃっとローやんにしてしまいよる。だからローやんはそのときどきで味が変る。まるでカメレオンみたいな話であるが、そこがローやんのうれしいとこや。先輩社員はそんなことをいって新入社員をワクワクさせるのであった。

芥川賞をもらって小説家になった当時私はまだ寿屋の社員で、その頃もローやんは健在であった。そこで私はあるとき二、三本を紐でくくって遠藤周作氏のところへ持っていき、おきまりの講釈をひとくさりやってから

「……だからこの瓶がどんな味がするのか、飲んでみるまではわからない。いいともわるいともいえない。とにかく非売品。どこでも手に入らない。マ、やってみて下さい」

といってさしだした。

遠藤氏はその頃はまだキツネ・タヌキ屋という看板をあげていず、むしろ梅崎春生氏などにかつがれていたほうだったのだが、さっそく吹きに吹いたらしく、後日、梅崎氏とバーで会うと、あなたは社長の自家用の超A級のウィスキーを持っているらしいけれど、一本ぜひとも飲まして下さいとネダられ、かえって私のほうが狼狽してしまった。

寿屋の社員だからといってみんながみんな飲みスケではないのだが、新入社員の特訓用にはたいていローやんが使われた。柳原良平などもこれでこっぴどくシゴかれて手が上った口である。私は彼と二人でこのローやんでイタズラをしたことがある。ナベちゃんという冴えない顔つきのバーテンダーが大阪のキタの曽根崎裏あたりで屋台のバーをだし、タコ焼をサカナにしてハイボールを売ったろかと思いまんねゝといいだしたものだから、私たちは妙案だと思って感心し、トレイだの、コップだの、カクテル道具だのを寄附した。ナベちゃんはバーテンダーだというけれど道路人夫のように日焼けしたおでこで、髪も肩も薄く、どこか月足らずのようなところがある。それがチビた下駄をはいて、ゴロゴロと焼きイモ屋の屋台に手を加えたのをおしてきて、曽根崎病院の塀のところにすえつけ、欠けたミキシング・グラスだの、メッキの剝《は》げたロング・スプーンだのを並べるのだった。私たちは彼にローやんやほんとの自家用のゼネラルだのを寄附し、それからバーテンになってみたり、客になってみたりして飲みに飲んだ。はじめはサクラになって客を寄せ、景気づけにやってるつもりだったのだが、そのうち少しあたたかいナベちゃんも浮かれはじめる。毎夜そんなことをつづけたので、いつのまにか、ナベちゃんは消えてしまった。屋台をゴロゴロとおしてくる姿が見られなくなった。屋台バーのカーネギーになりまんねンと張切っていたのに、ドンブリ鉢は沈んでしまった。

ウィスキーの宣伝をしていたら毎日タダで飲めていいだろうな。ときどきそういうことを人にいわれるが、とんでもない。会社の机のうえにはなるほどウィスキー瓶がいくらでも並んでいるし、ときには手をだすこともないではないけれど、オフィスで飲む酒ほどまずいものはないのである。それに、映画を試写会で見るのとおなじで、タダの酒はあまりいい味がしないのである。やっぱり血涙をのんで身銭を切らないことには飲んだ気になれないものである。酔えばおなじだろうなどという暴論を吐くやつはちょっとでていってもらいたい。

そこで飲むとなると、やっぱり安サラリーマンだからトリスバーかサントリーバーへということになる。毎夜チクとやらないことには電車に乗って御鳴楽《おなら》の匂いにむせつつ家まで帰っていく気力がでてこない。で、バーへいくと、おきまりのように一杯が二杯、二杯が三杯……ということになり、あげくレロレロ。吐いたり。ころんだり。電車を乗りすごしたり。駅のベンチで寝たり。風邪をひいたり。翌日は心身両面の二日酔いでゴミ溜めに寝ているよう。月末になるとツケがまわってきて皮膚をムシリとられる思い。自分が宣伝している酒、それも重労働だから半ば以上ヤケクソになってとく宣伝している酒、それをバーで、金をだして飲んで、ころんで二日酔いになってとくるのだから、たまったものではない。これくらいバカな酒の飲みかたってあるだろうか。考えれば考えるだけ荒涼となってくる。かといってやめられるものでもなく、連夜、愚行の輪をつなぎつづけた。

おそらくどこの会社でも大なり小なりおなじではないかと思うが、宣伝部と営業部は仲がわるいものである。商品が売れて景気がいいと両者とも沈黙していて、めいめい肚のなかでオレの腕がいいからだと思っている。けれど一度雲行きがあやしくなりだすと、めいめい廊下や、トイレや、会議室や、さては酒場ででもモメはじめる。宣伝部にいわせればせっかくオレたちが大砲を射ってるのに営業部の販売店工作がまずいからだめなんだということになり、営業部にいわせるとせっかくオレたちが販売店から掛金を回収してきても宣伝部のやつがバカスカ浪費するんで焼石に水ということになる。ある物が売れるか売れないかをキメる要素は無数にあり、それぞれからみあって効奏するのだから、一つの要素だけをとりだして独立的に排除して論じたり、ウヌボレたりなどはできないことなのである。それはまったくそのとおりなのだが、昔小林秀雄氏が、ウヌボレのないやつに芸術ができるものかといった言葉は芸術以外の人事万般にはたらく定理でもあって、めいめい内心ひそかに自己陶酔を抱いている。

Tウィスキーがヒットして、売れて売れてどうしようもないという結構なことになってきたとき、ある日私はある筋に手をまわして当時のアメリカの一流といわれるコピーライターの年収や、待遇や、生活ぶりを調べてみた。それを同国最大のウィスキー会社であるシーグラム社に適用して考えてみた。つまり私がかりにアメリカのコピーライターであったとして寿屋のためにやったのとおなじぐらいの効果をシーグラム社のためにあげたとしたらどれくらいの生活ができるだろうかと考えてみたのである。アホウなことを考えたものだが、過労のあげくのやけくそというものである。

ニューヨークにペントハウス。

マイアミあたりに別荘が一軒。

自動車は常用・家族用・スポーツ車の三台。

年に三カ月の休暇。パリあたりで。

ひょっとすると自家用飛行機が一台。

ペントハウスも自動車もそれぞれ一流クラスのもので、別荘にも腎臓型の淡水プールがつき、休暇も電報や電話で中断されることない生無垢のやつである。

その頃、寿屋の東京支店は茅場町のゴミゴミした裏通りの運河沿いにある木造二階建で、ちょっと見たところでは二流の保険会社の場末の出張所みたいな家であった。夕方になって東京湾から潮がさしてくると、夏など、名状しようのない悪臭がたちこめた。運河にはギッシリと団平船が浮かび、帆柱という帆柱にオムツがひるがえり、おかみさんがへさきのあたりにしゃがんで米をといだり、洗濯をしたりするのが見られた。そして毎日、正午になるとオデン屋がプオーッとラッパを吹き吹きやってくる。それを聞きつけて近所の印刷屋のおかみさんやオートバイ屋の娘さんなどが手に手に鍋を持ってかけだす。私たちもやおらペンをおいてたちあがり、ガタガタ音をたてて木の階段をおり、埃っぽい冬風のなかにたってツミレだの、アオヤギだのの串をつまむのである。その頃でアオヤギが一本五エンだったか。一〇エンだったたか。

「ニューヨークでペントハウスや」

「……」

「別荘はマイアミやて」

「……」

「自動車は三台あるんやで」

「……」

「飛行機もある」

「……」

「休暇はパリでっか」

「……」

「それとも今年はローザンヌあたりにするか」

「……」

柳原良平や坂根進とそんな立話をしていると、つくづく悪い国に生まれてしまったと思いたくなるのだけれど、あまりに違いすぎて絶望の手がかりもないのである。むしろアオヤギのダシのしみぐあいばかりが気になってならなかった。

『洋酒天国』というプレイ雑誌を出版するようになったのは空前のトリスバー・ブームの前兆期で、トリスを売ってくれるバーを援助するのに何かいい手はないかと考えているうちに思いついたことだった。その頃は現在のようにレジャー雑誌やプレイ雑誌が何もなく、鶴屋八幡の『あまカラ』が食味随筆誌として一つあるきりだった。そこでこちらは食のほかに女、香水、ギャンブル、シャンパン小話など、要するに洋酒の瓶のまわりにありそうなすべてのものをとりあげて編集していこうと考え、『エスクァイヤ』や『ニューヨーカー』などを手本にすることとし、ずいぶん両誌を読んだし、カクテルやワインの本も読みあさった。この『洋酒天国』はトリス・バーかサントリー・バーにしか配給されず、ふつうの書店では手に入らない。バーも日頃からなじみになっておかなければ部数僅少につきおことわりということになる。そこで私は新聞、雑誌、週刊誌、ラジオ、テレビのＣＭなどを一人で書きまくる従来の仕事にさらにこの雑誌のための原稿を書かねばならなくなり、出張校正の徹夜、原稿とり、ときには、いや、しばしば読者の投書欄も自分で書いたりなど、へとへとに疲れる毎月であった。そして、その頃はまだ外貨事情がわるくて輸入酒の数もタカが知れていたから、飲んだこともない銘酒の数かずをさも飲みあいたような、知りつくしたような、飽満したエピキュリアンの豊饒な倦怠の文体をよそおいつつ書かねばならなくなった。そのため、のちに小説家になったとき、私はよほどの酒通、食通、西洋バクチ通かのようにとられたことがあったけれど、あいかわらず昼はアオヤギを食べ、夜はトリス・バーで水っぽいハイボールを飲んでころんでいるのだった。

友人と二人してバーのカクテル・リストに出ているカクテルを上から一つずつ飲んでみたことがある。何品飲んだかは忘れてしまったけれど、しまいに眼が見えなくなり、体が泥になってしまった。こんなアホウな飲み方も若いうちの渇きのなかでしかできないけれど、ずいぶんたくさんのカクテルを自分でも作ってみて、結局、ドライ・マーティニだけがいいとわかった。それ以後はこれしか飲まないし、諸外国を流れ歩いても黄昏どきになると夕食のまえにこの一杯を飲むのが習慣のようになってしまった。そして、ひとくちにドライ・マーティニといってもじつに微妙に無限といってよいほどの変化があるものだとわかった。西洋でも一人前のドリンカーは辛口を好むのが常識だから、もともとマーティニはドライ・ジンとドライ・ヴェルモットを混ぜたうえにビターズを一滴ふりこむという処方が出発点だったのに、ヴェルモットは瓶の栓をぬいて匂いをかぐだけのチャーチル方式だの、何だのと、もっぱら冷徹、澄明、無味の味、深みのある単純が追求されることとなったようである。

このマーティニも、スコッチも、コニャックも、ぶどう酒も、日本酒も、茅台酒《マオタイ》も、すべて酒をその性格にあわせて洗練、円熟を追求していくと、結局、登場してくるのは清水である。澄みきった、冷めたい、カルキも知らなければ鉛管も知らない山の水である。これは何度書いておいてもいいことであるように思う。舌にのせて水のようにするするとノドへすべっていくようなら、それはどんな原料の、どんな製法によるものでも、いい酒なのである。たとえあのドブロク、マッカリ、〝熊《くま》ン乳《ち》〟のたぐいであっても、もし丹念につくったものであるなら、きっとどこかに水のなめらかさと謙虚さがあるはずである。人間は人智と技巧のかぎりをつくして、自然にそむきつつ自然にもどっていく。豊満な腐敗、混沌たる醱酵、円熟の忍耐を通じて水へ、水へとめざしていく。そうでなければならないし、そうなるしかないのでもあり、無技巧が技巧の極なのだと暗示されるようである。

あなたはどの段階におありかな。

夕方男の指の持っていき場所

ジンという酒は西洋の焼酎で、酒精を蒸溜するときに杜松《ねず》の実をつめた罐《カン》を通過させて味と香りをつけるのだが、初期には蒸溜装置が幼稚だったからフーゼル油だの何だのがまじり、それがひどい悪酔をつくる原因になった。ロンドンの有名なジン小路は貧乏人が安く手早く酔っぱらいたいためにこの酒をガブ飲みしたところからそういう異名がついたので、この小路は、当時、ありとあらゆる犯罪の巣だとされていた。だからジンはイギリス紳士のあいだではいまだに何やら安酒扱いをされ、黄昏《たそがれ》や食前にシェリーかマーティニかとたずねられたら文句なしにシェリーだと答えるのがほんとの紳士だとされている。そういう噂はよく聞かされるのだが、ロンドンの一流ホテルのバーでその時刻にそれとなく観察していると、シェリーよりもジン・トニックやマーティニの註文のほうがはるかに多いような気がするのは、当節、ホントの紳士が少くなったからか。それとも、ホントのイギリス紳士はそんな時刻にそんな場所に登場しないからか。

ジン小路時代にくらべると現在は蒸溜装置がほぼ完璧といいたい点にまで達したし、杜松実の扱いかたも研鑽を積んだものだから、お話にならないくらいの上酒にジンはなった。もはやそれはバクダンでもなければ二日酔の素でもない。かつてカクテル全盛時代には何百と数知れぬカクテルがつくられたものだが、生きのこったのは《マーティニ》だけだといってよろしいし、そのマーティニも今ではしばしばジン一本槍でつくるのだから、屈指の銘酒になったといってもよろしい。しかもお値段は他の屈指の銘酒とくらべてグンと親愛なんだから、眼が細くなる。これからは蒸暑い季節になるからジンを冷蔵庫で瓶ごと冷やしておけば氷なしでもそのままドライ・マーティニとしてグラスにつげる。その点は国産の焼酎でもおなじなんだが、こいつ近頃、度数がグッと低くてキックもなければダウン・ビートもないうえ、レッテルにイチゴだのウメだの、子供くさい画があってやりきれない。やっぱり、ジンだ。でなけりゃ、ウォツカだ。

マルティニ・エ・ロッシというイタリアのヴェルモット会社がカクテルの流行にいちはやく目をつけてジンと組みあわせにして自社製のヴェルモットを売ることを思いつき、そこで創案したカクテルに《マーティニ》という名をつけたのが起源だということになっている。しかし、スポンサーのホーレン草の罐詰会社の名前をみんなきれいに忘れ、ポパイだけがおぼえられてしまったのとおなじように、《マーティニ》も、それだけが独走、また独走し、無数の処方がつくられた。オックスフォード大学では学生にマーティニの議論をするなというお布令をだしたくらい。

ジン⅓に辛口ヴェルモットを⅔、それにビターズが二滴か三滴。これがそもそものドライ・マーティニの公式処方だったのだが、たちまちのうちに無数のヴァリエーションが発案され、みんなが口ぐちにオレのが、オレのがといいだして、世界のいたるところでパーティーが騒然となった。しかし、時代がたつにつれて、混沌から一つの主題がクッキリと顔をだし、いかにドライにシャープにつくるかが争われるようになった。だからヴェルモットをまぜることは次第に敬遠され、ある大学教授は冷やしたジンを入れたグラスを右手に持ち、左手でひとつまみの塩を肩ごしにうしろへ投げてから飲むといいんだといいだし、チャーチルはヴェルモットの栓をぬいてその匂いをかぐだけで満足したと伝えられ、といったぐあいになった。無数の無邪気な、ちょっとした〝儀式〟が試みられるようになり、とうとう、《完璧なマーティニというものはこの世に存在しない》という神秘の託宣がひねりだされた。議論をやめさせようとして誰かがそういいだしたのだが、サテ、みんなうなずきはしたものの、議論のほうはいよいよ……。

完璧なマーティニはまだ飲んでいないが、無数のいいマーティニは飲んだ。涼しい松の香りを鼻さきに感じながら見る見る無数の小さい水滴が霧となってグラスの肌にひろがっていく。だまってそれを眺めながら霧ごしに眺めたバイエルン・アルプスの、西ベルリン、クアヒュルシュテンダム通りの、マドリッドの、サイゴンの、香港の、夏の、冬の、無数の黄昏の燦爛《さんらん》を、ただそれだけの記憶をつづって、いつか私は一篇を書いてみたいと思っている。

そのグラスのかなたにあったもの、ふちにあったもの、私の内部にあったもの。そして、たとえば、マーティニがこれくらい飽くことなく飲まれるのは極上の素材は無飾で演出するにかぎるけれど、ただしその単純には無量の深さをひそませておかなければならないこと。それこそがすべての至難の至境であること。森の苔の香りや、革の手袋の匂いや、白木の家具が愛されるようにこの酒は愛されるのだと、何度もたわむれに、しかし確信をこめて考えこんだことなども。

十五歳ぐらいから私は酒とタバコになじみだしたのだから、かれこれ三十年間、浸ってきたことになる。黄昏になると潮がさすように避けようなく手はのびて、瓶やグラスをいじり、たまゆらの安堵を滴下しつづけてきたわけである。梶井基次郎のいう〝不吉な焦燥〟をそれでほんのひとときは鎮めたり、そらしたり、しばしばかえって火を燃えあがらせて狂騒に走ることもあった。白昼は私には胸苦しく、荒涼とし、手のつけようがないものだから、黄昏に点滴すると、うまいぐあいにいったときは、古なじみのシャツのようにしっくりした、体にぴったり沿っていながらしかも気にならない、まったく着ていると感じられないような夜のなかへすべりこむことができた。ペンが道具ではなくて指の一部と感じられ、園芸家の指が湿った土のなかで誤つことなく植物の根をまさぐりあてるように言葉をさぐる。そのような灯と夜が、たまにはあってくれたのだった。

けれど、今週は三日つづけて胃部が痙攣したり、背中の腰の上部が鈍痛でひきつれたりした。五時間つづくこともあり、三時間つづくこともあった。去年にもあったことだが、それまでは鼻毛のさきほども知覚したことのない兆《かん》しである。アニマルなみだったのが人なみに堕ちたらしいのだ。永いあいだ不吉な癇持ちだったのが、そこへ癪《しゃく》がとりついて、陰険でおどおどした癇癪持ちになりつつあるらしいのだ。おかげで酒を警戒してこの数日一滴も飲まず、黄昏になっても指の持っていき場がないので、いよいよ落着かないのだ。

一滴も飲まずに書いてみたらこんな原稿になった。グラスをとってからペンをとることに慣れた指でペンだけをとって書いてみたら。

君は不思議だと思わないか？

用談がすんで部屋をでてから階段の踊り場あたりにさしかかってから、ア、そうだ、あれをいうんだったと思いつく後知恵のことを《エスプリ・デスカリエ》と申すが、いつかマーティニのことを書いたときにもそれがあった。いま思いだしたので、忘れないうちに書きとめておこうと思う。

そのとき書いたようにマーティニはもっとも単純で、それゆえもっともむつかしく、もっとも倦きのこない、唯一のカクテルといってもいいもので、《完璧なマーティニはない》という神話的託宣がつくられるくらいである。そこで、では、その微妙な飲みものにつける親友には何がいいか、サカナは何にするかということを前回に書きおとした。それをいま書いてみようと思うのだけれど、何百杯となくあちらこちらで飲んだあげく、オリーヴの実がナンバー・ワンだということになった。

例の細長い瓶に入ったオリーヴの薄塩漬けである。あれの塩味は、はんなり、ほんのりして、舌をくたびれさせず、すするたびに酒を新鮮にしてくれる。マーティニのなかに沈めてもよく、小皿に盛ったのを一個ずつ妻楊枝に刺してポッポッ食べるのもよろしい。氷をタオルにくるんで手早く金槌で砕いたのを鉢に入れ、そのうえに盛るのも、よく冷えてよろしい。辛口の白ぶどう酒の親友としてもこれは一番である。うまいフランス・パンの皮もいいもので、倦きがこないが、それに匹敵するといえようか。

オリーヴの瓶詰には何種類かある。グリーンの実から種をえぐりとってそのあとへ赤いピメントの小片を入れたスタッフドというの。これには国産品もあるが、なかなかの出来栄えで、量産品の外国製のよりずっと味がこまかい。グリーンはグリーンでもピメントを入れないで種をのこしたままのもある。それから、ライプ・オリーヴといって、熟して茶色になって、いささか比喩が露骨すぎるが婆さまの乳首に色も大きさもそっくりというの。これも種入りと種抜きの二種ある。わが国ではほとんど見かけることがないけれど、これは味が枯れていて、慣れると何となくやめられなくなる。

冷えきって無数のこまかい滴に蔽われたマーティニのグラスは霧のなかの北方の湖のように見えるが、そこにオリーヴの緑と赤が沈んでおぼろに輝やくのを眺めてぼんやりしているのはいいものである。このたまゆらの放心、白想のくつろぎは何といってもありがたい。来しかた行末のことを形なく想ったり、別れた恋人の後姿を思いだしたり、何でもないのにいつまでも忘れられない光景や心象や言葉や人のまなざしを喚び起して観察するのもいい。

そうしながら私は何百回となくこの小さなオリーヴの実にどうやって形を崩さずにピメントをつめこんだのだろうかといぶかしむ。オリーヴの実から種だけをソッとえぐり抜く。そのあとの穴へあらかじめ切って細片にしてあった赤いピメントをおしこむ。これを一個ずつ手でやるというのなら何の疑問もないけれど、おそらく機械でやっているにちがいない。とすると、それはどんな機械なのだろうか。その牧歌的な機械のことをアレコレと想像してたわむれるのである。オリーヴをつまみあげるピンセットとピメントを刺してつっこむ妻楊枝が何十本となくチマチマカタカタとはたらいているところを想像したりする。これはいつまでたってもとけない謎で、マーティニを飲むたびに怪訝に思わせられるのだが、その道の専門家にたずねることもしないし、工場へ見学にでかけることもしない。こういうかわいい謎は謎のままでいつまでものこしておきたいと思う気持もある。

マーティニを飲むたびにオリーヴがそういうわけで謎として登場するが、タクシーに乗ると、そのたびに一つの謎があらわれる。これまたいつまでたってもとけない謎である。ライターだ。これまでに私は数えられないくらいライターを失ったが、そしてそれはたいていタクシーのなかだとあとになってから考えたいのだけれど、ついに一個も拾ったことがないのだ。誰に聞いてもライターをタクシーのなかで落としたらしいと答えるのに、その数はおびただしいものなのに、これまた誰もライターを拾ったと答えるのがいない。国産、外国産を含めて毎年毎年おびただしい数のライターが製造されるが、失うやつがいなかったらそうはたくさん売れないはずと思われるのに、私も友人も誰一人として拾ったやつがいないのである。タクシーのなかだけではない。列車、駅、待合室、空港ロビー、レストラン、料亭、飲み屋、屋台、公衆便所、ライターの落ちていそうな場所はいくらでもあるが、ついに一個も拾ったことがない。私が落とすばかりである。よほど私は運が悪いのだろうか。ツキがないのだろうか。

これが妙なのは、日本だけではなく、外国でもそうなのだ。外国でも私はソレとなく眼を光らせ、トイレへ入ったら右の眼で壁の落書を読みながら左の眼ですかさず光り物が落ちていないかとくまなく眺めまわすことにしているのだが、やっぱり拾ったことがない。謎はどこまでいっても謎である。ライターには虫のように羽が生えていて、持主のポケットから解放されたとたんに、さっさとどこかへ飛んでいくのだとしか思いようがない。あまり落としてばかりいるので近頃では私は五〇〇エンまでの安物を使うか、マッチを使うことにしたけれど、いったいこの奇現象はどう解したものか。そのうちデニケン先生か生態学者にでもたずねてみようかと思っている。

オリーヴはマーティニのたびに、ライターはタクシーやトイレのたびに深遠な謎として登場するが、食事のたびに登場する謎もある。割箸である。一億をこえる人口の全日本で一日に一度だけ使って捨てられる割箸を集めてみたらどれくらいの材木の山になるだろうかと気になってしかたないのだ。それを一年にしてみたらどれくらいの山になるだろうか。十年間の分ならちょっとした山脈になるのじゃないか。地球の資源はもう限界ギリギリなんだとか、山も海も喘ぎに喘いでいるんだとか、モノを大事にしろとか、名論卓説はゴマンと読まされ、聞かされるのだが、割箸について、食事のたびに一回きりで食器を捨てるのは日本人だけだといってお叱りになるインテリにはついぞ一人も出会ったことがない。これは世界でも稀有の奇習だと思われるのだが、この奇習のためにシベリアやアラスカやカナダの森が裸になった分だけ酸素が発生しなくなるはずだから、われわれはお箸で地球を剝ぎつつ緩慢に窒息しつつあるのでもないか。

どう思います？　あなた。

香水を飲む

少しずつ。規則正しく。根気強く。

いわゆる〝中高年層〟の健康管理としてのスポーツのコツはそのあたりにあるようだ。激痛といえるほどの背痛を抱えこんでからクリニックにかようつもりで水泳教室にかよいはじめ、三か月たつと、背痛のほうは潮のひくようにひいていった。どうにかこうにか机の前にすわれるようになり、右手でペンをとりあげられるようにもなった。同時に健康な中毒ともいえる状態が発生し、週に二回一時間ずつ泳がないことには不快でしようがないということにもなった。

これが月曜日と木曜日、夜の8時からである。ウォーミング・アップとして体操をやるから正確には7時30分からである。モタモタよちよち、息子ぐらいのヤングにまじって泳いだあとで家にもどると9時30分すぎになる。くたくただから万年床へそのままパタリ。ここでビールを一杯やると、と思いたいけれど、ぐっとこらえる。疲労しきっているから横になることに心がせいて、しいてこらえるというほどのことでもない。酒についていうとこの生活習慣ができてからはほとんど口にしなくなった。水泳の前日・その日・その直後と飲まないのだし、それが週に二日あるから、飲んでいいのは翌日だけということになる。すると、そのうち、何となく飲むのが面倒になり、ついつい見送ってしまうのである。それまで毎日、三十年以上、夕方になれば欠かすことなく酒瓶に手を出していたことを思いあわせると、天変といいたいような変化である。おかげでくたびれきっていた諸器官がすっかり蘇生《そせい》し、たまに東京へ出て飲んでみると、いくらでも底なしに飲めるということがわかった。（……翌日が水泳の日でないことをよくよくたしかめた上で飲むのではあるが）

小説家というものになってからちょうど三十年になるのだが、モンブランの万年筆、紀伊国屋の原稿用紙、原稿の仕上げはいつも〆切《しめきり》ギリギリという習慣は変えようがない。そして水泳のために酒を飲まないという新癖が定着してからも仕事のときだけは従来通りに飲まずにはいられない。これは変えようがないみたいである。この三年間、某誌に毎月、自伝的小説を欠かすことなく連載してきたが、毎月、何日か、欠かすことなく飲みつづけてきた。フィンランディアかスミルノフのウォツカ、50度のを、ストレートで、ちびちびとやらないことには書きようがなかった。くたびれた脳の迷路のどこかにうずくまったきりになっているイメージを追いたて、狩りたて、おびきだすには酒の滴しかないのである。それも度数の高いドライの蒸溜酒《じょうりゅうしゅ》でないと役にたたない。昔はウィスキーやブランデーだったが、おそらく飲みすぎたせいと、翌日への持越しを恐れるためとで、近頃はウォツカだけである。糊《のり》のきいた、純白の、サテンのシーツのようなこの酒は、二日酔いのダメージが他の芳香族よりはるかに軽いので、貴重である。

若いときも飲みつつ書き、若くなくなってからも飲みつつ書き、ということをつづけてきたのだが、何を、どれだけ、どう飲むかということがなかなかむつかしい。飲みすぎるとペンが走るかお脳がしびれて寝てしまうかになるし、足らないと原稿用紙はいつまでも白いままで、連想飛躍が起らない。二日酔いには数知れぬ回数で苦しめられたが、いつ頃からか、この荒涼と苦痛からどうかすれば〝力〟がひきだせることがわかり、恐れつつもどこかでひそかに心待ちするようになった。頭痛、胃痛、吐気、キリキリとムカムカのゴミ溜《た》めのような混沌《こんとん》、後悔と嫌悪のこのドブにも何かがあって、やりかた一つではあるとしても、何もない正常時よりは何かを書きにかかるキッカケをつかめることがある。汝《なんじ》ノ敵ヲ愛セヨは情念の弁証法だが、ドリンキングについてもいえることだと、わきまえるようになった。そこでドブから一言半句をつかみとってウダウダもたもたとしているうち、おきまりの迎え酒をちびちびやりだすと、悪臭と吐気のさなかでもつれにもつれた毛糸の玉がほどけはじめるのである。

去年、フィンランドのラハティの湖畔の森に世界のあちらこちらから小説家が集ってきて討論会をやり、日本代表として出席した。淡麗な北欧の夏の陽《ひ》を浴びつつ論の原稿を読みあげたり、質問したりをやるのだが、ドリンカーの集りなので、奇抜なのや頓狂《とんきょう》なのが登場して、たいそう愉快であった。討論会そのものは午後3時頃に終るので、あとはめいめい頭を集めてウォッカを飲みつつ原稿料の安いことや税金の高いことを呪《のろ》いあうのである。日頃愛飲のフィンランディアは輸出にまわされて同国内では飲むことができず、かわりに〝コスケンコルヴァン〟というちょっと磨きの足りない、度数の低いのが飲まれる。それもアル中防止のため、バーではシングルでしか出してくれない。いくらダブルにしてくれといっても、バーテンは薄笑いして、バカな規則がありまして一回に出すのはシングルときまってるんですワ、という。念のため、シングルなら何度でもおかわりができるのかとたずねると、ニコニコ笑って、ええどうぞ、どうぞ、という。そこでシングルを素速くひっかけてグラスをあけると、つぎのシングルをなみなみと注《つ》いでくれるのである。惜し気なく。何度でも。(……ただし、夜は12時でピタリとストップ)

　小説家の話だからアテになるような、ならないようなと承知しておかねばなるまいが、この国のアル中には〝パフューム・ドリンカー〟というのがいるそうである。酒を切らしていてもたってもいられなくなると、女房の香水をひっかけてその場をしのぐというのである。香水に入っているアルコールは度数がグッと高いから少量でも緊急の渇えはおさえられるかもしれないが、聞いていて身につまされた。白昼に『夜間飛行』をひっかけて、ウム、こいつはトリップできる、などと呟《つぶや》くのであろうか。『シャネル』の5番は『ディオリッシモ』よりグンと書けるゼ、などと言いかわしあっているのであろうか。取材費を惜しむといい仕事にならないというのはどこでもおなじだろうが、それにしても、香水をあおってゲップを洩《も》らしている深夜の鬼という光景は、ちょっと……

ジンの憂鬱

今年からかぞえて正確に二〇年前に私は賞をもらって小説家になったのだけれど、それまでは洋酒会社のコピーライターをしていた。明けても暮れても、しらふでも二日酔いでも、ウイスキーやポートワインやジンの広告文を書いて暮していたのである。会社の景気はよかったけれど給料は安かったから、いわばウイスキーでお茶漬を食べるようなものであった。

その頃、この会社の東京支店は蠣殻町の裏の運河の近くにあり、二階建木造のしょぼくれたお店であった。右隣り、左隣りはラーメン屋、自転車屋、名刺屋などで、昼になるとおでん屋がブオーッとラッパを吹き吹き屋台をひいてあらわれる。すると、あたりの店からオバサンや娘さんが鍋を手に手にあらわれて、ツミレだの、アオヤギだのをオカズとして買っていくのである。遅れてはならじと、ドタドタ階段をかけおりていくと、一階も二階も、家全体がグラグラ揺れるようであったが、誰も気にしなかった。

『洋酒天国』という小さな無料のプレイ雑誌を、私は仕事のかたわら、坂根進と二人で編集していた。毎号、板橋の凸版まででかけて徹夜で出張校正するのだが、夜食にだされるカレーライスは皿も飯も冷えてひからびきっていて、ルーをつまんだらプラスチックの見本のようにカパッと剝げそうであった。これを夜ふけた二〇代の不安、焦燥、絶望、いずれもとらえようのない不定愁訴にまぶしてもぐもぐと食べていると、底なしの穴にすべりおちていくようだった。

はじめて埴谷さんの顔を見たのはこの頃であった。それがいささか奇妙な出会いなので忘れることができないのである。『洋酒天国』に原稿をお願いしたところが、稿料のかわりに酒をくれとのことだったので、いつもウイスキーやジンを御希望どおりにさしあげていたところ、あるとき、電話があり、もらったジンのうち一本が薄くてピリッとこないからとりかえてくれろとのこと。恐縮して新しく一本を倉庫からだして待っていると、埴谷さんはわざわざ吉祥寺からその一本を抱いて持ってこられた。ジンやウイスキーは何百本、何千本を自動瓶詰機で瓶につめるものなのだから成分はどの瓶もおなじはずで、とくに一本だけが薄かったり濃かったりということは発生のしようがない、ということはよくよく承知している。まさにそのとおりであろう。しかし、おれが狂ってるのだろうか。この瓶のはどうも薄いような気がしてならない。埴谷さんは苦笑とも自嘲ともつかない口調でそういい、薄暗い喫茶店のテーブルにジンの瓶を置いた。私は恐る恐る新しい一本をだしてそれととりかえ、紅茶をすすりながらそこはかとない世間話を交わしたが、埴谷さんが苦笑、自嘲しながら何度も説明されるように、やっぱりちょっと、どこか、何かを病んでおられるように思えてならなかった。憂鬱症の発作がでているのかもしれなかったが、それは創作家の宿痾《しゅくあ》だからどう避けようもない。ただ、風貌と姿勢のどこかに、飄々とした、奇妙なおかしみがあって、それが忘れられない。ずっとのちになって、毎年、桜の咲く頃になると埴谷夫妻、武田泰淳夫妻、私と妻、よろよろと靖国神社の境内を歩いて夜桜を眺めてまわるしきたりが何年かつづいた。武田さんはふらふらヨタヨタと特徴的に歩いて賽銭箱のまえにたつと大きな音をたてて柏手をうって何やら祈り、祈ったあと、これまたいつもの特徴でフ、フ、フと薄笑いしながらこちらへでてくる。それを闇のなかで長身の埴谷さんが、祈りもせず、柏手もうたず、銭も投げず、ただ長身をたててじっと凝視している。

大地と煙り

昔、わが国は緑したたる木の国であったから、酒樽《さかだる》にはふんだんにいい木を使い、ドリンカーは酒にしみたその木香をたのしんだ。〃香〃といっても人工の添加物ではなくてナチュラル・フレイヴァーだったから、それは、いわば酒の芯《しん》のすみずみまでしみとおって、日本酒の特長の一つとなっていた。しかし、いつ頃からともなくこの木香は日本酒から消えていき、人びとの舌の記憶からも消え、今では思いだすこともできなければ語ることもできなくなってしまった。それが久しくになるから、おそらく現在では、まっとうな木香のついた日本酒を舌にのせると、何かしら異様なものに感じられることだろう。

この木香に似た運命を辿《たど》ったのがスコッチの燻香《くんこう》である。〃スモーキー・フレイヴァー〃と呼ばれるものである。これは大麦の麦芽を乾燥させるときの燃料に草炭《ピート》が使われ、その移香が、蒸溜のあとにも貯熟のあとにものこり、スコッチの特長の一つとなっていた。〃一つ〃というよりは、最大の特長であった。世界には無数の酒があるけれど、煙の匂いがするのはこの酒ぐらいのものだった。しかし、これまたいつ頃からともなく消えていき、現在では本場物のスコッチも大半は煙の匂いがしない。燻香はこの酒にどっしりした荘重と重厚、そして素朴なあたたかさと深い奥行きをあたえていたのだが、軒並みにすっかり消えてしまった。

私がウィスキーを飲みはじめた頃には、どの瓶にもこの燻香があったので、知恵の悲しみを知らない、若い、純白の舌にはそれがしみついてしまい、年がたつにつれてあの瓶からもこの瓶からも消えていくのが残念でならなかったのだが、そのうち残念に思うことすら忘れてしまった。ところが、某夜、C・W・ニコルが対談のあとで六本木の某店へつれていってくれ、そこでじつに久しぶりに祖型の祖型といってよいくらい煙くさいシングル・モルトに出会うことができた。

この店の経営者は日本人なのだが、本場へ買出しにでかけ、樽詰のままでシングル・モルトを買ってくるのだという。樽は三種あり、少しずつ燻香と舌ざわりが異なるけれど、いずれも生一本。この能率と計算の時代に父祖の法燈を頑固に守りつづけている不屈の気魄《きはく》の持主が一人はいるらしいなとわかり、たちのぼる高地の大地の香りにほのぼのとならされた。やっぱり人間、どこでも、みんながみんなバカというのではないらしいともわかって、いい一夜となった。

ワインは究極の酒なり

ごぞんじ、世界最多種酒類ドリンカーの日本人小説家は、文字通り生涯をかけて？飲みつづけてきたかの感があります。急性アルコール中毒症で入院すること2回、肝機能障害で1回、胆石の手術でドクター・ストップがかかったにもかかわらず、結局「酒類探究の旅」はやめませんでした。

自前で飲んだ鮮烈な初体験は、敗戦から3年、満17歳、大人になりたい一心から、いまだ混々沌々《こんこんとんとん》、朦々朧々《もうもうろうろう》の天王寺界隈《かいわい》の焼け跡で飲んだウイスケ！（絶対にウイスキーではない。飲むと頭にドカーンとくるからバクダンである）を皮切りに、世界を股《また》に、マッカリ、カストリ、ドブロク、焼酎《しょうちゅう》、清酒、ビール、ウイスキー、コニャック、アブサン、シェリー、マデラ、サングリア、ポルト、ラム、キルシュ、ウオッカ、ペルノー、老酒《ラオチユウ》、紹興《しょうこう》、白乾《パイカル》、茅台《マオタイ》、シードル、カルバドス、パスティス、ウーゾ、スリヴォヴィツア……と際限もなく飲み歩きました。パリ、ベルリン、モスコー、サイゴン、北京……世界のあちらこちらの街角、山、川、海、ホテル、レストランで、ひたすら酩酊《めいてい》と忘却とかすかな期待を抱いて飲み廻《まわ》り、時には朝から晩まで、飲んでは覚め、覚めては飲み、脳味噌《のうみそ》が酒浸しになってとろけるほどに、朝酒、昼酒、宵酒、晩酌《ばんしゃく》、寝酒、迎え酒……と、とめどない連鎖を繰り返し、いつしか「日本人小説家最多種酒類ドリンカー」の異名をちょうだいするハメになった次第です。

しからば、そのお前にとって、ワインとは何か？

答えはいささか陳腐です。結局ワインとは、小説家にとって、彼がいままで飲みつづけてきたところの一切合財の「酒の中の酒」、「酒の王にして女王」、「王の酒にして女王の酒」ということになりましょう。ワインとは究極の酒なのです。

西洋語には liquor もしくは spirit という、蒸溜酒あるいは酒精をさす言葉もありますが、本来「酒」とは「葡萄酒《ぶどうしゅ》」なのです。それは wine《ワイン》 であり、vin《ヴァン》 であり、Wein《ヴァイン》 であり、vino《ヴィノ》 であり、vinho《ヴィニョ》 であり、ВИНО《ヴィノ》 なのです。「酒に真実あり」と訳されている諺《ことわざ》の「酒」の原語はラテン語の vinum《ヴィヌム》 ですし、「酒、女、そして歌」という時の「酒」の原語はドイツ語の Wein です。そしてあらゆる酒のなかで最も古い歴史を持つ酒こそがワインなのです。おそらくワインは、人類の歴史とともに古い、というよりも、人類の歴史以上に古いのです。

人類の誕生はたかだか二〇〇万年前、葡萄の果実の起源は六〇〇〇万年前、酵母の仲間の起源にいたっては実に数億年前ですから、葡萄と酵母の出会いから生れたワインの起源は、人類の歴史よりも古い筈です。そしてキリストがワインを「わが血」と呼んだことも手伝って、ワインは世界に広がり、最もよく飲まれる酒となったのです。ワインは水と土と太陽の唄《うた》です。人為を超えた自然の芸術品です。無数の味と香りと色彩のたわむれが、ワインに無限の奥行きと上下左右を与え、安物から極上のワインまで、実に多彩に楽しめる酒を作ったのです。最後に一つ、ワインの神秘を語るエピソードを紹介しましょう。

《ブルゴーニュのあるシャトーの旦那《だんな》が、自分の畑の葡萄酒だけを近くのレストランに置かせて、毎日、朝・昼・晩と、嘗《な》めるように嗜《たしな》んでいた。ところがある日、旦那の葡萄酒がなぜか切れていた。旦那がやって来る。ギャルソンは慌てて隣の畑の葡萄酒を差し出した。旦那は一口飲んで「これは違うやないか、うちの酒じゃない」と怒りだした。ギャルソンはひたすら謝った挙句に、「しかしムッシュー、この葡萄の出来た畑はお宅から僅か1メートルしか離れていません。それでも違うもんでしょうか？」とたずねた。旦那はテーブルをドンと叩き、「ちょっと聞け！　女のお臍《へそ》の下に小さな畑が一つある。そこから1メートルどころか5センチも離れてないところにもう一つ畑がある。君はそれも嘗めるのが好きかネ？」と答えた》(笑)。

さて、初心者のワイン上達法の極意は、「理屈をこねるまえに飲め！　しかもひたすら飲め！」です。自分の舌を信じて飲みつづけるならば、やがて自分の好みが決まり、ワインの何たるかも見えてくる筈です。

巨匠サールとプロフェサー鴨川の『ワイン手帖』は、そのための良き同伴者兼ソムリエです。

諸君、まずは乾杯！

開高健流デカンタージュ

　私のデカンタージュ法はちょっと変った邪道である。他人《ひと》にあまりお薦めはしないが、もしワインを本当に美味《おい》しく味わいたいならば、遠慮なく参考にしていただきたい。

　デカントする理由は二つある。

　その第一は、年代を経た上等なオリの多い赤ワインは、オリを取り除いた後で飲みたいから。その第二は、酸素を断たれた密封状態でゆっくり瓶内熟成を続けてきた赤ワインは、開栓後、瓶外の新鮮な空気に触れて急速に香りと味の熟成が進行するからである。抜栓後45分位が飲み頃であるとか、ある種のイタリア・ワインのように一昼夜が望ましいとかの諸説があるが、私の場合は、飲みたい時が飲み頃なのである。

　一本のワインには二人の女が棲《す》んでいる。処女と熟女、生娘とあばずれである。溲瓶《しびん》をデカンタージュに使うと、空気との接触面が広いので15分間で処女が熟女に変り、手間暇がかからなくていい。素敵なデカンタージュをすれば、充分、手練手管を楽しめる。広口の水差しや既製のデカンターなどいろいろと試みてみたが、結局、目盛りのある溲瓶が最高だった。事物の外観にとらわれるとその本質を見誤るものである。

なお蛇足であるが、ボルドーの赤などオリのよく出るワインはごく普通にデカンタージュするが、ブルゴーニュの赤など長年の熟成にもかかわらずオリの少ないワインは、パニエ（ワインバスケット）は使うがデカントはあまりしないのが普通である。

苦しさはなんとはげしく
心臓と胃袋を攻めたてるのか
ハイネ・井上正蔵訳

『ルバイヤート』から

酒のまぬおのこは好かぬかな
同じ屋根の下に寝《い》ねたうもなし
同じ方舟《はこぶね》に乗り合ふもうし
ひたすらに怕《おそ》るる後の祟《たた》りかな
堀井梁歩訳

墓の中から酒の香が立ちのぼるほど、
そして墓場へやって来る酒のみがあっても
その香に酔い痴《し》れて倒れるほど、
ああ、そんなにも酒をのみたいもの！
小川亮作訳・岩波文庫

人生には「酒のある時には盃《さかずき》がない。盃のある時には酒がない」という時が来るものである。諸君、すべからく、飲めるうちに飲みたまえ！

小説家の〝休暇〟――私のペン・ブレイク

　いつだったか、阿川（弘之）提督に、クィーン・エリザベス号に乗って悠々と船旅を愉《たの》しみつつ香港へ行き、新界のハトを食べようではないかと誘われたことがある。これは中華料理の菜単で〝乳鴿《にゅうこう》〟とある食用バトで、東南アジアでもアラブでも食べる。いい季節のそれには柔らかい肉や脂《あぶら》がつき、おつゆたっぷりで、ローストするとたまらない逸品である。さほど値の張るものではないという点も好ましいのである。久しぶりでそれを食べてみようかと提督のほうへ半身を乗りだしたのだが、話をよく聞いて、一も二もなく断念した。クィーン・エリザベス号のような正統派の豪華船となると食事もちゃんとマナーを守り、毎食ごとにフォーマル・ドレスでネクタイをつけてテーブルにつき、前後左右の相客とにこやかな談笑を断やしてはいけないというのである。毎日、毎夕、毎食である。

　ネクタイを私は持っていないわけではないし、締め方も知らないわけではない。しかし、一年のうちたいてい私はコーデュロイにスポーツシャツという恰好《かっこう》だから、ネクタイをするのは年に二度か三度ぐらいである。ときどきネクタイをしなけりゃ入れてやらないよというレストランがあるけれど、そんな店には頭からバカにして寄りつかないことにしてある。物心ついてからずっと衰えたことのない神経症の一つとして、一日に会える人の数は三人まで、それ以上の数の人に会うとそのあと立っていられないくらい疲れてしまうのだから、これではとても豪華社交船の乗客になれそうもない。毎日、毎食、フォーマル・ドレスにネクタイで左右の客と談笑を断やさずに食事するなど、思いもよらないことである。白人の婆《ば》ァさまのよれよれダブダブの七面鳥みたいな首の筋とツンツンくる香水のメタリック・スメルをさらに追加して想像すると、クヨクヨ思案するゆとりすらない。

「おりますよ、提督」

「そうかね」

「一日ももちませんわ」

「香港のハトはうまいよ」

「知ってます。ようく知ってます」

「それでもあかんかね」

「あくもあかんもないわ」

「残念だな。遠藤でも誘うか」

けっしていわなかった。

「残念です」

提督は不満そうに、ブツブツ口のなかで、アメリカの婆ァさまの首は七面鳥というよりは象のおけつみたいだなどと呟《つぶや》いたけれど、だからといって船旅を諦めようとは、けっしていわなかった。

外国の大学に臨時の教授として日本文学を講義しにこないかという誘いがこれまでに何度かあったけれど、これもどうやら三日に一度はパーティーを開いて招いたり招かれたりをしなければならないらしいとわかって、御辞退申上げた。私はさびしがり屋だから気心の知れたのを自宅に招いてイッパイ飲ませるということは好きなのだが、人まじわりがいつまでたっても下手だから、招かれるのが億劫《おっくう》でならないのである。わが国の小説家の暮しには〝社交〟らしきものがほとんどないので、それだけは何よりありがたいと思って三十年やってきた。服装をかまわなくてもよいというのもありがたいことだと思っている。パーティーらしいパーティーといえば出版社がホテルでやるそれがあるくらいだが、これも顔を出すのはごく稀《ま》れである。年がたつにつれてそういうマメさが減退の一途であるから、いずれは招待状や案内状もプッツン、こなくなることであろう。

バクチが好きになりたいと思って、若い頃、一通り手を出してみたことがある。麻《マー》雀《ジャン》、花札、ダイス、ポーカーなどである。しかし、何をやっても熱中できず、しじゅう何かほかのことを考えてぼんやりしているので、持続力が保持できず、したがって勝機がつかめないとわかったので、やめた。しじゅう何かほかのことを考えてぼんやりしているということでは自動車の運転もそうで、これまた教習所にちょっと通いはしたものの、あぶなっかしくてならないから、やめた。あれもやめたし、これもやめた。いちばん長くつづいたのは御多分に洩《も》れずバー遊びであって、ほとんどこれだけが息抜きといってよろしきものであったが、かれこれ二十五年ほど連日連夜おぼれたものだった。しかし、小説家にとっては、バー遊びというものは、〝遊び〟というよりは第二の天性みたいなものであるだろうから、あらためてここに書くことはあるまいという気がする。

ある夜、銀座の某バーでカウンターにもたれ、寄ってきた艶女とうだうだバカをいいつつジン・トニックをすすっていると、川端康成氏がそろそろとした足どりで寄ってこられた。どうやら酒は一滴も入っていず、トイレのもどりに何やら思いついたので、といった気配であった。これは、と緊張して構えていると、川端さんは聞きとれるかとれないか、水中で物をいうような小声で

「新人は一言半句《いちごんはんく》ですね、開高さん」

といって、消えた。

これが耳にのこった。その夜も、翌日も、それから二十年後も、消えずにのこって

いる。夜ふけにひとりでよしなしごとに思いふけっていると、よくよみがえってくるのである。これが当時の私の作品にたいする警告なのか、それとも文学の一般則なのか、たしかめようがないけれど、私は鏤骨《るこつ》の名言だと思っている。のちになって川端さんが文学賞の審査員として選評のどこかにおなじ言葉を記しておられるのを拝読したことがある。ずっと後年になって私がおなじ賞の審査員として選評を書くとき、やはりこの言葉を使ったことがある。新人は一言半句の鮮烈を蒸溜して滴下することができたらいい。それは露頭鉱脈である。あとは習練で何とかなるものである、という考え方である。ただし、この一言半句というヤツ。じつに、稀れである。稀れに稀れである。しかも、新人だけではない。ヴェテランにも、中堅にも、発見するのはじつに稀れである。

そういうことがあったし、ああいうこともあったりしたから、バーですごした時間はけっしてムダではなかった。ふりかえってみるとよくまあつづいたものだと呆れてしまうが、後悔することはない。私は東京で学生生活を送らなかったし、同人誌活動もしたことがなく、ウィスキー会社のコピーライターからいきなり小説家になったので、その後の執筆生活で得た知人は、考えてみれば、大半がバーで知りあった人びとであった。しかもその大半が十歳か十五歳ぐらいの年長者であった。それが昨今、一人去り、二人逝き、三人消えというぐあいに川の対岸へ引越していくので、いよいよ往時茫々《ぼうぼう》。

バー遊びや読書は小説家の第二の天性みたいなもので〝息抜き〟といえるかどうかは疑わしいと書いたけれど、それなら旅や放浪もおなじである。これまた小説家にとっては正常そのものの熱病、健全きわまる精神病といいたくなる性質のものであって、まともな社会人の〝再創造《リクリエイション》〟としての息抜きとおなじ扱いをしていいかどうか、ためらわれる。そうやってかぞえたて、煮つめていくと、小説家には〝休暇〟と呼べるものがあるのか、ないのか。地下の冷暗な酒庫で埃《ほこ》りとクモの巣にまみれてよこたわっている酩酒の一本一本に君は寝ているのか、それとも修業しているのかとたずねるようなことになるだろう。

とはいうものの、これまた私の長年月にわたる心の頑疾《がんしつ》であるが、部屋にとじこもったきりで夜ふけに50度のウォツカをすすりすすり文字ばかりをいじることにふけっていると、〝字毒〟といいたいものに犯される。ひとつひとつの文字の軽重、甘辛、浅深がわからなくなってくる。すわりこんだきり頭から腐敗していくのである。そこでリュックを背負って三人の若者といっしょに釣竿《つりざお》を片手に家を出ていく。二度と行きたくないような所、または二度と行けないような所をめざして遠い国へでかける。昨今では先進国も途上国も魚らしい魚はその国に住む人でも二度と行きたくないような辺地までもぐりこまなければお目にかかれなくなっているので、白暑、酷寒、霖雨、蛮雨、マラリア蚊、ダニ、ヴィールス性肝炎など、指折り数えているひまもないくらいである。汗まみれ泥まみれになって河岸にへたへたとすわりこみ、なんだっておれはこんなところにいるのだろうと呟くばかりである。そして魚が釣れようが釣れるまいが、帰国すれば私は夜ふけにまたまたウォツカをすすりつつ、経験を文字で代替することに没頭する。試合があろうがなかろうが、チャンピオンはたえまなく縄跳びをしなければならない。客があろうがなかろうが料理人は包丁を研ぎつづけなければならない。と呟いてはいるが。そして、それは正しいことではあるのだが……

瓶の中のあらし

一九四五年は、いうまでもなく、第二次大戦終了の年である。この年の前半は氷雨《ひさめ》、霜、冷温などが多かったが、後半にさしかかってからは一変して好転し、秋はぶどう酒の大当りとなった。それも比類を見ない大当りの年となった。ぶどうの実の分量は少かったけれど、出来た実そのものには質がすみずみまでムッチリとつまり、素晴しい酒となった。しかし、戦争が終ったというので人びとは乾杯また乾杯でガブ飲みに没頭し、どの庫も備蓄分が激減した。そのためかえってこの年のぶどう酒の名声が高まり、〝幻〟となり、後年いつまでも大騒ぎと大金で探し求められることとなった。小生などはその雷名を聞くだけで満足しなければならず、飲もうなどとは野心のヤの字も抱きようがなかった。

ところがつい近年の某年、この一本をたまたま飲むチャンスに出会った。それもボルドォの筆頭中の筆頭、ロスチャイルド（兄）家のそれである。ぶどう酒は飲みながらその色や、香りや、舌触りなど、すべてを女にたとえて吟味される癖があるので、そうなれば何が何でも吉行氏だろうと思いきめて、電話した。いつものように氏は低気圧が接近しているのでとか、アレルギーの機嫌がよくなくてとか、一言二言ぐずついたけれど、夕方、おおむねいそいそと読める顔つきでレストランにあらわれた。さっそく恐る恐るの試飲がはじまったが、幻の一本だけでは傑出ぶりが呑《の》みこみにくいから、おなじロスチャイルドだけれど近年出来のものも二、三本、口をあけ、グラスにそれぞれの年号を書いて、あれを一口、これを一口というぐあいにゆるゆると彷徨《ほうこう》を試みる。

出来てから四十年にもなる酒である。たいていこうなると、色が褪《あ》せて古い血のようにに茶褐色となり、どろどろしたタール状の渣《おり》が瓶内に澱《よど》み、酒そのものは腰が抜けてヨレヨレになるものである。しかし、この一本はさすがに名声を裏切らなかった。色は灯にすかして見ると、あかあかと血紅色に輝やき、艶《つや》と明晰で澄みきっている。香りがふくよかにほのかに瓶の口からたち、いつまでもたちつづける。滴を舌にのせたときの妙味ときたら。まろやかで奥深く、しみじみしているのにどこか堂々とした風格があり、円熟がみごとなのに貧血はどこにも兆していないのである。枯れも、褪せも兆していない。豊満の艶麗《えんれい》があるのにおしつけがましさがない。ここでもまたあらゆる名作の条件となる顔のない顔がたちあらわれる。おしつけがましさがないのである。これである。(……ちょっとあとになってコロンボへ行き、宝石でもこれをさ

とらされる）

この一本にはロスチャイルド男爵の手打ちのタイプの箱書きがつき、それによると、この酒は今が飲み頃であるが、まだまだよくなると、ある。これには脱帽した。スコッチやコニャックのような蒸溜酒《じょうりゅうしゅ》ではなくてぶどう酒は醸造酒である。だのに出来てから四十年たって飲み頃だといわれ、ますますよくなると評されているのである。この四十年間この瓶は地下の冷暗のなかによこたわったきりだったのだが、それは外見だけで、瓶のなかでは不断の修業と鍛錬が音もなく進行していたのである。あらゆる種類の〝成熟〟に不可欠の経験と変化が題名も拍手もない劇として進行しつづけていたのだと見るべきであろう。直射日光と、動揺と、温度の急変などという大敵からは注意深く、手厚く、土深く守られ、さえぎられてきたけれど、酒はよこたわったままそれ自身の意力と資質をかたむけて変化を追求しつづけてきたのだった。変化したから円熟できたのである。

一〇〇年たったコニャックをパリですすったことがあるし、一三〇年たったアルマニャックをためしたこともある。すべてまっとうに円熟した、経験をつみかさねた酒は、水に似てくる。ビロードのような、柔らかくて、深い、水そっくりの舌触りとノドごしの味わいがあるもので、これが〝円熟〟の不思議の一つなのだが、このロスチャイルドの一本にもそれがあった。それかあらぬか、滴をつぎつぎと追い、杯をいくらかさねても、酔うということが起らない。いつものように悩乱してタハ、オモチロイと口走ったりすることがないのである。神気いよいよ爽《さわ》やかになり、澄んだ愉《たの》しさがさざ波となって揺れうごくだけで、後味としての頭痛、吐気、後悔、慚愧《ざんき》などというものはまったくない。滴ののこしたものを翌朝になって回想すると、何か深い森が舌を通過していったような感触がある。まだあれがあり、なおこれがある。何日もたち、何か月たっても忘れられない心象がある。それを思いだすたびに気遠く眼を細めたくなるが、うつらうつらしているうちに、ハッとなることもある。心細くなるのである。おれは小説家となって三十年になる。五十七歳になる。今後ますますよくなる、などということがあるだろうか。鳥の影よりも素速くそんな考えは消えてしまうではないか。

V

煙る忍耐

すわる

私は十五歳のときからタバコを吸いはじめたが、パイプをおぼえたのは十七歳のときであった。友人の父が死んだときに形身わけとして革のケースに入ったダンヒルとフランス製の角笛型のをもらったのがはじまりである。子供の私にはもったいなさすぎる、眼のくらむような品であった。その頃は貧乏のどん底にあったし、現在のように外国のパイプ・タバコが自由に買えなかったから、友人と麻雀をしたり、お酒を飲んだりしたあとの灰皿をかきまわして吸いガラを集め、ひとつひとつほぐして、それをパイプにつめこんで吸ったものだった。〝モクひろい〟というものが立派に職業としてみとめられる時代で、腰に箱をぶらさげ、手に長い竹竿を持った男たちが駅やプラットによく見られた。竿のさきに針がついていて、線路の枕木におちている吸いがらを見つけると手練の早業《わざ》でチクリ一刺し、腰の箱へと導入する。この箱が奇妙に、まるで申しあわせたようにサントリーのオールドの箱であったが、あれはどういうわけだろうか。

そういうシケモクを家へ持って帰って男たちは一本一本ほぐし、ほぐしたのを集めてかきまぜ、タバコ巻き器で巻いて再生したのを闇市へ売りにいく。闇市へいくとそういうカクテル・タバコがいくらでも買えたが、その売りかたもいまのように十本、二十本をまとめて一箱に入れるのではなく、バラで、むきだしであった。一本きりでも買えたし、三本でも買えた。そういうのがふたたび吸いガラになって灰皿にたまっているのを私はさがしてパイプにつめて吸ったのである。吸いガラの吸いガラを吸っていたわけである。けれど、どんなタバコでもほぐしてパイプにつめてしまえばわからなくなるのだから、十七歳でパイプをくわえるのはキザの極のようだが、実用ということから見れば、キザでも何でもなく、じつに便利で有難かったのである。『二十五時』という小説の主人公が強制収容所でシケモクを拾い集めてはパイプにつめこみ、日なたで眼を細くしてふかしている、そしてパイプはいいもんだとつぶやいている場面を読んだときは胸にきた。

文章を売って暮すようになってから私は本が一冊出るたびに記念としてパイプを一本買おうと思ったことがあって、しばらくつづけたが、まもなく外国へでかけることがあわただしく連続するようになり、いつとなく忘れてしまった。けれど、旅さきでパイプが眼について、買えそうな値段だと、その場で買った。ボヘミアの農民のパイプや、イスタンブールの海泡石のパイプや、アムステルダムの陶器のパイプなどを買って帰国した。それでも、ゆっくりとそれらを吸って、いい艶と格がでるまで使いこむまでには、部屋にすわりこんでジックリと机にむかうという時間がなければならないが、私はそういうことにがまんができなくて、しじゅう巣を出入りしていたから、どのパイプもみな仮死し、埃りにまみれるままとなってしまった。どのパイプも枯れて、くすみ、こわばって、閉じるままとなってしまったが、私はふりかえらなかった。

今年の正月に私は机のまえにすわって、ひさしぶりでパイプをとりだし、一本ずつ分解して掃除をしたり、みがいたりした。レンズを拭くのに使うシカの皮でキュッキュッとみがいていくと、埃りや、傷や、褪《あせ》のしたから褐色の宝石がゆっくりとあらわれてきた。カチカチにひからびたヤニをこそぎおとし、火皿の内壁についている古いカーボンを刃のぬるいナイフで削りおとし、一本ずつにタバコをつめてくゆらしてみた。煙りの通りは上々で、涼しくて軽く、にがくもなければ汁まじりでもなかった。

頑健な作りのはそれなりに、優美な作りのもそれなりに、ぬいめいが寡黙だがいきいきとタバコを呑みこみ、火を吸い、煙りを吐きだしはじめた。煙りはパクパクせかせかと吸わないで、いつも一筋《ひとすじ》か二筋が糸のもつれるようになって、またはかげろうのゆれるようになって、いつまでもゆらゆらとしているよう、ゆっくりと、軽く、じわじわと吸っていく。そうすると熱がまったりと火皿全体にまわり、タバコが熟《う》れてうまくなり、さいごの一粉《ひとこな》までが煙りになる。燃えのこりがでないようにしなければいけないのである。その香ばしいかげろうに顔をつつまれて机のまえにすわっていると、これなら部屋のなかにとどまっていることができそうだと思えてきた。何よりかより、まず部屋のなかにどうやればとどまっていられるか、その工夫である。小説は部屋のなかで書くものである。これからは私は放浪をやめて創作に専念しようと思うのだ。

《……ウィーク・パイプといってさまざまの型のを七本セットにして革のケースに入れたのがある。ケースの底に日曜、月曜、火曜……とあって土曜まで、金文字で書いてあり、それぞれの凹みにパイプがはめこんである。日曜日には日曜日のパイプ、月曜日には月曜日のパイプを吸う。毎日ちがう型のを使うのだ。あれがあると一週間、七日とも束縛されて、部屋のなかにこもっていられるのじゃないだろうか？》

さっそく銀座のパイプ屋へいってたずねてみると、ダンヒルの四番でそろえたら二十五万エンか三十万エンぐらいでしょうという答えであった。頭から煙りがでそうになって店をでた。

はじめて外国へいったのは一九六〇年、三十歳のときだった。野間宏氏を団長とする『訪中日本文学代表団』の一人として中国へいったのである。それが発端となって、つぎからつぎへ、とめどなく、チャンスさえあれば部屋からぬけだして遠走りすることに私は没頭した。招待されてでかけたこともあったがそのうちに不自由さがいやになり、むしろ出版社や新聞社の臨時特派員という肩書きででかけたほうがはるかに自由に、気ままに、その国のむつかしいところや細部へ入っていけるとわかったので、誘いがあればきっと乗るようにした。ときには佐治敬三氏と二人で毎日朝から約一カ月ぶっつづけにヨーロッパをただひたすら飲んで歩くという旅をしたこともあった。毎日毎日、朝十時頃にホテルをでて、ときには夜十時頃まで、ひたすら試飲して歩くのである。主としてビールであって、これは無数のブランドを飲んだが、ほかにアクヴァヴィット、チェリーヘリング、シュナップス、ミード、コニャック、ウィスキー、ジン、シェリー、ぶどう酒、手あたり次第、眼にふれるまま、だされるままに飲んだ。そのうち自分が一本の透明なガラスの螺旋管と化したのではないかと思われだし、酒がぐるぐるまわりながら体内をおりていくのがすけて見えるような気持になってきた。

旅と旅のすきまに部屋にこもって創作も書いたが、ずいぶんルポを書いた。十年間のことだから、かなりの枚数になると思う。近頃になって私はやっとその影響を骨や内臓の部分で感ずるようになった。報道にふけっていると小説が書けなくなるという影響ぶりをつぶさに感ずるようになったのである。小説は報道を含んでもいいし、しばしば必須栄養物をそこから得るのだが、報道は小説を断じて含んではならない。フィクションといい、ノン・フィクションといっても、精神の深い細部では両者とも言葉の取捨選択の行為なのであるからけじめはかならずしも明瞭ではないし、明瞭にすることもまたできないのであって、ノン・フィクションもすでにフィクションの一種なのだと考えておかなければならないのだけれど、見ていないことを見たように書いてはならぬという意味でノン・フィクションはフィクションを断固として排除しなければならない。ところが、ノン・フィクションを書きつづけていると、《私ハ見タ》という信念が小説家のなかに棲む何人もの人間のうちの小説家そのものを窒息させるのである。この信念が体内にはびこり、繁殖すると、言葉を事実に変える作業のうちの、柔らかくて、繊弱で、おびえやすく、傷つきやすいものが沈黙してしまうのである。

事実を言葉に変える証人が、言葉を事実に変える小説家をおしのけてしまう。侮蔑し、否定し、追放しようとかかってくるのである。小説家が言葉をあれやこれやと選択するときは華麗なキノコのしたにひそむ、暗くて湿った土のなかの菌絲《きんし》のもつれあいのようなものがあるが、《私ハ見タ》という信念は白昼光のように遠慮会釈なくそこまで射しこんで闇のなかの生をひからびさせてしまうようである。

ここに一本のペンがあるとするとノン・フィクションの書き手は眼でそれを見るのだが、フィクションの書き手は言葉で見るのである。イメージといい、イデエといい、何と呼んでもいいけれど、彼は白紙に言葉でペンを出現させる努力にふけらねばならない。言葉、言葉、言葉である。数万語つみかさねていってそのうちどこかでやっと一語か二語閃めけばいいほうである。言葉の敏感な、ひるみやすい、けれど執拗な触手で闇のなかをアミーバーのように絶望しつつも不逞に彼はすみからすみまでをまさぐりつづけていく。

ところが、《私ハ見タ》の強烈すぎ、健康すぎ、明るすぎるものが、これを照射すると、小説家はしばしば渚の石と日光にさらけだされたクラゲとなってしまうのである。いちばんいけないのは、彼がそれを自覚しているあいだはいいが、知らず知らずのうちにそうなってしまって触手の原生林を枯死させてしまうことである。これはこういうふうに書くのはやさしいことだけれど、じっさいは一秒の中断もない呼吸や血行とおなじいとなみなので、独立、排除、整理、分類など、カードをあやつるようなぐあいにはとてもいかないのである。私も知らず知らずのうちに過ちを犯してしまっていた。フィクションの精神生理をとりかえすために最近書いた作品ではしたたかな思いを味わわされたのである。証人と小説家とが手を携えあって歩んでいくことのむつかしさ——作品の背後でのことであるが——それをあらためて思い知らされたような気がした。

日本の内外の現実を巡歴してノン・フィクションを書きかさねていくうちに、〝事実〟のなかにはどうしてもフィクションでなければ、または、フィクションにしたほうがはるかに強力になる、という性質のものがあるのにしばしば遭遇するようになった。それで、フィクション用の事実とノン・フィクション用の事実をどうやって分類したらいいか、何がそのけじめとなるか、〝理論化〟なるものをこっそり試みてみたが、しばらくしてやめた。そういうことは誰かえらい人にまかせておけばいいのである。私は本能で嗅ぎわけつつ——しばしば窒息しそうになったり、鼻カタルになったりだけれど——歩んでいくしかないのである。また、そうしておいたほうが私のなかの小説家のためにいいようである。

芥川龍之介は《嘘の形でなければいえない真実というものもある》という意味のひそやかなつぶやきを漏らしているが、事実に要求されたフィクションというものは、何かしら、その事実の体臭とか、歌とかいったほうがふさわしいような性質のものではあるまいかと思う。そういう事実に遭遇したとき、強い酸や香水の入った瓶の栓をぬいた瞬間に鼻へくる第一撃、強烈だがそれゆえ褪《あ》せやすくもある第一撃、あの感触にそっくりのものが私をうつ。

フィクション用の事実とノン・フィクション用の事実のけじめをつけて求めようという意識で歩んでいくと両方とも夜のイタチのように逃走してしまうが、自身をひらいて歩いていくと、匂いが流れこんでくる。しかし、私は、これまたずいぶん失敗し、また、ときにはそうせずにはいられないこともあって、フィクションにしたほうがよいと思われる事実をノン・フィクションで書いてしまうことが多かった。そのためノン・フィクションと、ずっとあとになって書いたフィクションと、両方ともを衰弱し、損傷させてしまう結果となることが多かった。

嘘でなければいえない真実というものが、いつもいつも、臼身のなかで膿んだり、血をにじませたりしている〝秘密〟ばかりであるとはかぎらない。道でふとすれちがった女の眼や水のなかに閃めく魚の影にも、ときどき、そういうものがある。無残な真実ばかりが嘘を要求するとはかぎらないのである。《三つの真実にまさる一つのきれいな嘘を》という意味のことをいったラブレーの場合の〝真実〟は微妙さと広大さを含み、鋭敏でありながら寛容でもある。フィクションとか、文学とか、言葉の生理の奥深いところを洞察した匂いを帯びていて、私の好きなマキシムである。このあたりの消息もまたじつにむつかしい。三つの無残な真実から一つのきれいな嘘を蒸溜することは一つの無残な真実から三つの無残な嘘を導きだしてしまうこととおなじほどに失敗しやすいことである。真実の感じられない嘘は駄洒落に堕ちるし、嘘を予感させない真実にはじつにしばしば嘘がにじみだしてくる。

感情、お金、女、旅、命、言葉、嘘、真実、官能、時間、酒。何でもいい。一つでもいい。三つでもいい。とめどなくでもいい。とにかく〝浪費〟という言葉にふさわしいような生の浪費をすることが小説家にとっては蓄積になるのだという厄介な原理が金持国でも貧乏国でもおかまいなしに襲いかかってくるので私はつらい。このイヤらしい、強力な原理は、まるで梅毒や癩《らい》のようにひっそりと進行し、それと気がついたときはすでに手おくれだということになりやすいので、ますますつらい。どれくらい浪費したらどれくらい蓄積されるかという質と量がどう計測のしようもないので、またまたつらい。では、ただもう何事か、何物かを浪費しさえすればいいのかというと、そうでもないよというつぶやきも漏れてくるので、いっそうつらい。

思案に窮したときはカブト虫のように頭のまわりを好きなだけとびまわらせておくことである。ただし、紐だけはしっかり手で握っておけ。そのうちカブト虫はくたびれて落ちる。そこを手にうけてゆっくりと眺めればいいのである。こういったのはアリストパネスだが、ようやく私もくたびれてきた。自宅か旅館かはどうでもいいが、まず部屋にこもって机のまえにすわり、古いパイプに火をつけ、手に落ちた私をじっくり観察することにしようと思う。

煙る忍耐

近頃になってようやく、いくらか、パイプがゆっくりと吸えるようになった。以前は一服を吸うのに四本も五本もマッチを使い、タバコの火が消えたのをつけなおし、また消えたのをつけなおし、ヤニがでてきてジュウジュウといびきをかき、ときどきそれが口にとびこんだりして、顔をしかめさせられたものであった。

パイプを吸っている人の横顔はのんびりしていておだやかに見えるが、あれでなかなか熟練と忍耐がいるのである。タバコをつめるのにコツがいるし、火持ちよくジワジワと吸うのにもコツがいる。一本一本のパイプに癖があるので、それを早くさとることである。その癖にあわせてタバコをつめなければいけない。アチラのパイプスモーカーが書いた本を読んでいると、『はじめは子供の指でつめ、つぎに女の指でつめ、さいごに男の指でつめなさい』などとある。

マッチでまんべんなく火をつけて吸いにかかると、タバコがむっくり起きあがってくる。そこをタンパーなどでグッとおさえこみ、一度火を消す。それからもう一度火をつける。ここから以後はジワジワと吸いにかかるのだが、火がまったりとまわると、タバコが火壺のなかでよく熟れて、いい香りがたってくる。パッパッと吸うと火の粉が散り、パイプが傷《いた》み、香りがたたず、ソースが底にたまり、やがて火が消え、タバコが濡れてしまう。どんなタバコにもしっとりとしたお湿りがあって、それが香りと味を保存しているわけだが、いそいで吸うと底に火が達するまでにソースがでてタバコを濡らしてしまうのである。だからゆっくりジワジワと吸わなければいけないのだが、これは〝経験〟や〝技術〟であるより以前に、おそらくはこころの問題なのだろうと思う。十代と二十代の頃にはたえまなしに私はいらだっていたから一服のタバコを粉ひとつのこさずに灰にしてしまうことができず、たいていマッチの軸で燃えのこりを灰皿に掻きださなければならなかった。

ブライヤーは頑強な木の根で、パイプには最適の素材だけれど、デリケートなところもあって、野外の風、雨、霧などに傷みやすい。だから野外用には安物か、シェル、タンシェルなどのパイプを専用に用意しておいたほうがよろしい。ストレート・グレイン、フレーム・グレイン、バーズ・アイ、バーズ・ネストなどの奔放、華麗、重厚、荘重な木目がたのしめる逸品は戸外の風のなかでむざむざ炭にしてしまうにはあまりにみごとすぎる。惜しすぎる。もう地中海沿岸の原産地でも古木が枯渇しかかっているのだから、ますます惜しまれる。そういう上物でなくても、もともとパイプは人前で吸うものではないし、私の顔がたいていのパイプの型と大きさに似合うものでないことも知っているつもりなので、部屋にひとりでたれこめるときだけの慰めにしようと思う。

この正月の休暇に畏友、坂根進君がヨーロッパへいったので、デンマークに立寄ってもらい、ゲルト・ホルベック作のものを買ってきてもらった。コペンのパイプ・ダンという店では無料でパイプに刻印をうちこんでくれるので、私自身の名と、英語で『忍耐』、その二語をうちこんでもらった。これから私はちょっとつらい、尾根も谷も崖もある書きおろしの仕事にかかろうとしているので、そういう銘刻を日夜眺めていたら、疲れた眼をやわらげ、はげましてもらえるだろうかと思ったのである。それにこの仕事は約十年がかりの持久戦のしめくくりとなるはずのものなので、新しいパイプを一本準備してもいいのである。それを一つのはげみとしたい。ホルベック作となれば、いよいよである。

ダンヒルのパイプはマシン・メイドだから社名の刻印はあるけれど、職人の名は記されていない。しかし、デンマークのパイプのハンド・メイドのものにはそれを作ったパイプ・アーチストの名がうちこんである。何人もいるアーチストのうちベスト・スリーをあげろといわれたら、イヴァルソン、ホルベック、ミッケとあげてみたい。この三人には三種の〝哲学〟があって、作品によくそれがでている。イヴァルソンはパイプを喫煙具であると同時に大人の玩具だと考えているし、ホルベックは実用品であると同時に芸術品だと考えている。ミッケはパイプを彫刻だと考えているようである。どの〝哲学〟もみな正確であるし、本質をついている。たいていのパイプスモーカーの気持のなかにはこの三つのイデェが三つともいくらかずつ同棲しているのではあるまいか。

ブライヤーの根はゴロタ岩をかきわけかきわけして育っていくので、まさに〝盤根錯節〟である。その木目は気まぐれ奔放をきわめている。ためしに私のよこにいまころがっているパイプをとりあげてしらべてみると、フレーム・グレイン、バーズ・アイ、バーズ・ネスト、三種の木目がたった一箇の火壺の表層にからみあい、もつれ、乱舞しあっている。この木目をどう処理するか。そこを徹底的に考えつつ、パイプの型をその場その場で決定していく。アーチストのイデェのなかにある必然と偶然、木目にある必然と偶然、それらのからみあいとたわむれあいを絶妙にまで高めていくのがハンド・メイドのパイプの愉しみであり、同時に、目玉がとびだすはずみに眼鏡までいっしょに落っこちてしまいそうなそのお値段なのである。茫然となるような名作となるとふつうのマシン・メイドのパイプを何百本か何千本かをロスにしてようやく一本できるかできないかというようなものだし、それが一〇〇年も一五〇年もの樹齢の木の根が素材なのだから、褐色の宝石と値づけされてもいたしかたない。

木目が愉しく、眺めていると時間を忘れることができ、軽くて歯がくたびれず、さいごのさいごまで火が持続し、ひび割れもなく、ホクロもでず、きれいに掃除できる――そして、名匠の名が刻印してある。たとえそういう逸品であっても、それが好きになれるか、なれないかとなると、これはまったく別問題である。このあたりにもパイプの不可解がひそんでいる。なぜこのパイプが好きなのか、さっぱり当人が理解できず、欠陥ばかりが眼についてならなくて、ただもう嫌悪をこらえ、〝忍の一字〟しかないのに、どうしてかいつまでも手放すことができないというものが、ときたまでてくる。何年間もほりっぱなしにしておいたのを某日なにげなく火を通してみたらそれ以後病みつきになったというのもある。だからこれはちょっと古い文学用語でいう〝出会い〟に似たものである。白ボテの原稿用紙をまえにして、そういうことを考えつつ、しらちゃけた廃人の午後、〝忍耐〟と刻印したパイプを私はひねったり、撫でたりしている。

種において完璧なものは種をこえる

もう、秋か。

ランボォならそうつぶやく日々となった。晩夏の猛りが何もなく、ジャボジャボと雨がつづいて、それがあがってみると、日光の淡さも、膚の朝夕の冷めたさも、すっかり季節は秋のなかにすわりこんでしまっている。

夏そのものも今年は何やら奇妙で、ほんとにカンカン照りの酷暑の日は十日あったかどうか、というようなものだった。のべつびしゃびしゃと雨がつづいたり、冷えこんだりで、途中からこの下痢をやめて精悍な猛暑を発揮して巻きかえしにかかったかと思える日もあるにはあったけれど、三日ももたずにへたってしまった。そしてまたしても下痢である。われらが不満の夏は、顔をしげしげと覗きこむゆとりもなしに消えてしまった。

終末業者は何やらたのしそうな口調で、破滅を書いたりしゃべったりしているが、私は猫背になって、古いパイプでも磨くことにする。しばらくほったらかしてあったので、火皿にはカビが生え、金環が錆び、角《つの》の吸口が干割れかかっている。

このパイプはフランス製なのに〝ＳＴＡＲ〟と英語の銘が入っているが、私の持物になってからかれこれ二十五年になる。それ以前に友人の父上が愛用しておられたのだから、もう三十年か四十年はたらいていることになるが、しっかりしたもんだ。システムがシカかカモシカかの角でできているが、吸口が私の歯のためにえぐれて切れそうになっている。けれど、とりかえることはしないつもりである。このまま使いつづけるつもりである。火皿が炭化してボロボロになってしまうまで、吸いつづけるつもりである。

本が一冊出るたびに、ささやかな記念としてパイプを一本買うことにしたり、諸外国をさまよっているときにふと目についたお値頃をその旅の記念に買ったりして、かなりの数になった。しかし、ほんとに好きになれるパイプはごく少い。手にも、歯にも、眼にもしっくりとなじみになって、分身となれるパイプはめったにないものである。しばらく使ってイヤになったらほかのにかえ、何年間もほったらかしにしてカビの生えるままにしておくが、すると、某日、ふと思いだしてとりだし、久しぶりに火を入れてみると、ふたたび地味な魅力がじわじわとにじんできたりする。裏切り。放蕩。軽薄。気まぐれ。いい気。パイプは何もいわないからありがたい。ただ自身であることに満足しているかのようである。花に似ている。

シガレットはタバコの葉といっしょに紙を燃やして吸いこむが、パイプは葉を燃やすだけだから、何といってもうまい。

火皿に指でタバコをつめこむときにちょっとしたコツがあって、御飯をたくみたいに、はじめシッカリ、中マルク……といったぐあいにつめる。つめすぎると火が消えるし、ゆるいと散ってしまう。ここんところでたいていの人が、慣れるまでにパイプを捨ててしまうのだが、要はひとりでにおぼえこむしかない。マッチ一本でつけた火がさいごまで保《も》って、葉がひとかけらのこらず灰になってしまうと、ちょっといい気持のものである。何か一仕事をやり了《おお》せたあとのような、うつろな快感がある。たかがパイプ一服におおげさな、とおっしゃる向きは、一度やってごらんなさいナ。

戸外で吸えば戸外の味があるし、人前で吸えば吸うでそれなりの味がある。けれど私は、パイプはやっぱり室内のもの、独居のためのもの、白想や沈思のためのものだと、思っている。雨の日、室内にちょっとお湿りがあるとき、窓ぎわで本を読みつつパイプをちびちびやると、芳烈、重厚な香りが、いつまでも身のまわりにたちこめる。しばらく本に熱中してパイプを忘れ、ふと気がついてとりあげる。火皿には残熱しか感じられなくて、吸口もすっかり冷めている。しまった、火は消えてしまったナと思って、スパスパやってみると、思いもかけずひとすじ細い糸のように煙りがたちのぼって、また香りがひろがる。こういうときのささやかな愉しみは忘れられない。何か文章を書いてうまい句読点がうてたような愉しみである。そして句読点というものは、しばしば、本文とおなじくらいむつかしいものである。

海泡石《メアシャウム》はパイプの女王と呼ばれるが、傷がつきやすいし、割れやすいし、汚《し》みがつきやすいので、左手だけのキッドの手袋をはめて吸う。イスタンブールとウィーンがこのパイプの名所で、店の窓にはすばらしい白皙《はくせき》のパイプと手袋が並べてあったりする。

アメリカの農民はトウモロコシの穂軸を圧搾してパイプに仕立てたが、これはもともと二、三回吸って焦げたらポイと捨てるパイプであって、宝石並みのお値段のつく芸術品ではないのである。しかし、そういうものだとわかってはいても、ちょいと洒落てみたい気持もあるから、アメリカのトウモロコシ屋は頭をひねったあげく、〝ミズーリ・メアシャウム〟と銘うって売り出した。いいアイディアである。逆立ちしたソフィスティケーションに、素朴なユーモアと何やら痛い皮肉がくっついて、ふと笑わせられて手がのびる。

何度か私も使ってみたことがあるが、タバコをふかしているはずなのに、トウモロコシの焦げる匂いがたってくるのは困る。

イタリア人の設計技師にとって、高級スポーツカーは動く彫刻であり、動く家具であって、噴水を芸術に仕上げた唯一のヨーロッパ人種としての伝統にいかにもふさわしいが、デンマーク人のパイプ・アーティストにとっては、パイプは煙る彫刻である。一本ずつ手作りのその名品を見ていると、流れる線の美しさ、バーズ・アイ、バーズ・ネスト、クロス、ストレート、フレーム、それぞれの木目《グレイン》のみごとな昂揚と澄明、奇想と整序、ショウウインドーが視線で穴があくぐらい見とれたくなる。

ブライアーの根塊は、文字通りの盤根錯節であるから、名品といえるほどの作品は何百本に一本か、何千本に一本しかとれないはずと思われ、お値段を見ていつもタジタジとならされる。宝石並みのお値段のこういう名品を焦がして、ヤニをつけていいのかしらと、空恐しくなりそうである。こういう名品になると、火を入れるのがもったいなくなり、そのままテーブルにおいて、木目のたわむれを眺めるだけで満足したほうがいいのじゃないかと思えてくる。つまり、もう、そうなると、それはパイプではないのである。

種において完璧なものは種をこえる（ゲーテ）、とか。

タバコ

私がタバコを始めたのは中学校三、四年の頃やね。初めは隠れて吸っていた。その頃、敗戦パイプというパイプの格好をしたキセルが流行っていて、これは雁首の所と柄の所がネジでつながってとれるようになっている、短いものだが不思議な産物だった。それに吸いかけのタバコ、落ちてくすぶってるタバコ、落ちて湿ってくすぶってるタバコなどを拾ってきてつきさして吸う。それを何とか一本工面して買い、ある日、シケモクをつけてプカプカふかしながら家に帰って来た。入った所に母親がいて、ジロッとこちらを見たんだけども、それをジロリと見返し、以後今日に至る。こういうのを居合抜でいうと〝太刀先の見切り〟といいまして、剣が触れた瞬間相手を切ってなければいけない。一瞬先を越していなければいけない。この時はうまくいったナ。

当時のシケモクというのは、闇市とか駅、最もしばしば見かけられたのは駅ですけれども、線路に捨てられたタバコをプラットの上から竹棹の先に針のついたヤリのようなもので、チクッとつき刺してはすばやく手元に抜きとり腰の箱に放り込んでいる人が一、二人必ず活躍していましたね。これはかなり長い間見かけられた風景です。

その後、生まれて初めて東京へ来たことがあったが、神田の駅でもやっぱり同じようなことをやってたな。笑わせられたのは腰にぶらさげている箱で、これが大阪のあちこちで見た例も神田で見た例もそうなんだけども、奇妙にサントリーオールドの箱なんだな。どういうわけだかわからないんだけども、結局何もなくて石油の豆ランプで暮していた当時の生活の中では、あのサントリーオールドの箱だけが妙にハイカラに見えたんではないかと、私は思うんですけどねぇ。

集められた新生やらラッキーストライクやらのシケモクは、乾かして、紙をむき、中の葉っぱの焦げた所を除いて混ぜ合わせ、もう一遍巻きなおしたものが、闇市で十本一組にして売られていた。私は旧制高等学校へ一年だけ行ったんだけれども、学校の門の横にタバコ屋があって、「オバサン、手巻きのン……」と言うと、オバサンは不意にウロンとした目つきになって、前後左右を見て誰もいないとわかってからこっそり売ってくれましたね。

しかし、われわれには十本一組になったそのシケモクを買う金もなかったね。だから、一本とか二、三本のバラ売りで買ってしのいでいたんだけれども、後に東南アジア、ベトナム、バンコック、インド、ナイジェリア、アフリカ、こういう所に行くと未だにバラ売りしている。マッチも一本ずつ、角砂糖も一個ずつ、みんな個単位で売っていてなつかしかったな。ベトナムではタバコ屋のおばさんの箱の横に線香がたてであってユラユラと燃えている。タバコを一本だけ買い、その線香で火をつけて街を歩いて行く……。

それからあの頃、米軍のＣレイション、野戦食が闇市に流れていて、それにはソーセージの罐詰やらビーフシチューの罐詰、果物の罐詰、チョコレートなんかと一緒に必ずタバコがついていた。特製の小さな箱に三本か五本入っている。そのＣレイションのタバコやら米軍兵が持ってくる闇タバコやらで、私はラッキーストライクだのキャメルだのを覚えたのよ。これがキラキラしてて日本のタバコとはお話にならない。フワッと吸い込んでみると、もう何やら豊潤な香りが頭にたちこめてしまって、まあ、こらァこの国に負けるのはあたり前やという実感がきたね。チョコレートを食ってのけぞる、タバコを吸ってのけぞるという状態でした。何かのはずみでキャメルを一つ、ラッキーストライクを一つもらったら、一週間位はなにもなくてもハッピイだったなァ。今やどんなタバコもらったって一日もハッピイになれないけどね。人間、若いというのはなかなかのもんだぜ、オイ。

そのうちに闇市が発達して、やっぱりウロンとした目つきのおばさんがハミガキや石鹼の後からコソコソ出してきて、パイプタバコの大罐を売ってくれるようになった。

これも米軍基地から流れてきたもので、この頃はこちらもかなり対抗力ができ知識もついていたんだけども、それでもハーフ&ハーフなんかを初めてパイプにつめて吸った時の香りの豊かさ、むせかえるようなあの芳しさ。未だに思い出せるね。

で、貿易商をしていた友だちのお父さんがフランスで買ってきたパイプをもらったんだが、これは角形をした、柄が角、ボールがブライヤーでできてる見事な書斎用のパイプだった。このおかげで、シケモクでも何でも敗戦パイプでも吸えないような短いものまで最終的に処理できて、実用としては大変ありがたかったね。ところが、サクランボのような唇をした微少年が、ふんぞりかえったように大きなパイプをふかしてパンを焼いたりアルミ工場で働いたりしたもんだから、牛意気だといって現場監督に殴られたりね、エライめにおうたよ……。

その後いろいろ調べてみると、シガレットはビジネス用、パイプは瞑想用にできている。だからパイプは人前で吸うものではなく、大体家の中で一人で吸うもんだということを教えられた。今でもその習慣があって、私は七十本か八十本のパイプを持っているんだけども、まず滅多に人前では吸わないようにしている。何となく非社交的にできてるんや、パイプというものは。男が一人でいる時、瞑想にふけりながら来し方行く末のことなど考え、別れた女のことなど考えて吸うのが、パイプなんだな。

もうひとつ、いろいろ考えてみた結果、またいろんな映画を観た結果、日本人にはキセルは似合うんだけれども、パイプは似合わない。中折帽とパイプは日本人には無理である。というのは、やっぱり鼻がとんがってないとデザイン的にパイプというものは合わないんじゃないかと、私は思うんだけどね。ペタンコのタヌキのお腹みたいな格好をしたパイプも売ってるから、それも買ってきて鏡にてらしてみたんだけど、やっぱりどうも合わないなァ。まあしかし、パイプで吸うタバコはうまいからね、書斎ではよく吸っています。

大体、イギリスのパイプタバコは、辛くて渋い香りにしてある。大人っぽい。アメリカのはヴァージニアの葉で、甘くて、芳烈で、甲高い香りがつけてある。未だにこの習慣は変わらない。バーボンウイスキーとスコッチウイスキーの匂いの差とよく似ているよね。

シガレットが一番低い段階のもの、それからパイプ、葉巻とくるか。葉巻はブレンディングなんです。中心に巻く葉と真中に巻く葉と一番外側に巻く葉と、みんな違う。それをどうブレンドして一本に巻きあげるかというのが技術や。ビゼーのカルメンはタバコ工場の女工だったということになってるんだけど、葉巻の手巻きは極上とされている。蜂蜜色の肌で、ちょっと汗ばんだようなしっとりとした生娘の太腿で巻いたらえエ、ということになってるんだけども、タバコ屋の店先でははたしてそれが生娘の太腿で巻かれたか、破れかぶれのオバハンの腿で巻かれたかは見当がつけられない。それで必然的にライターが問題になるね。ダンヒルだ、ロンソンだ、といろいろやったし、世界的に名品を初期の頃からデザインの変化だけを追ってコレクションしてみようと思って、ほぼダンヒルについては初期から現在に至るまで集めた。

今のところ私が好きなのは、オイルライターでアウトドア用のジッポ。野外へ行く時は手放せないね。これは、アメリカ人の変人のおじさんが、輸入ライターがこわれてばかりでよくつかないからと、どう狂っても火がつく故障しないものを作ってやろうといって作ったもので、油を食いすぎる欠点はあるけども、絶対確実、頑強不屈や。アメリカ人のナショナルライターともいえるね。

タバコ銭が身にこたえなくなったのは三十二、三歳からじゃないかしら。夜中にタバコを切らした時の苦痛といったらない。何度キリキリ舞いさせられたかわからない。あそこにないかここにないかと、灰皿をひっくり返しゴミ箱までかきまわしたことがあったけども、どうやら湿ってない一本を拾い出した時の喜びというのはないナ。あれにこりてからいかにゼニがなくてもタバコだけは買いおきすることにしている。

仕事が終った時、文章を一段落つけた時、大きい魚を一匹釣りあげた時、一服つけたくなるが、とりわけタバコを吸って一番うまいのは、お風呂場、少し雨模様の湿った日、部屋の中、書斎、こういう所で吸うタバコの香りがたちこめていいな。

森鷗外は、生涯タバコだけは贅沢すると称しましていいタバコを吸っていたらしいけれども、私もタバコだけは贅沢してみようと、鷗外のひそみにならいまして、割合いいのを吸ってきた。うまいのはバルカン・ソブラニ。これはどっしりとしたタバコですよ。

もし、女性とタバコと酒のうちどれか一つやめなきゃならないということになったら、まずやめるのは女やろな。その次は酒か。タバコは最後に残るね。人生をケムにまくわけじゃないけど……。

パイプのことなど

ご他聞に洩れずパイプ・スモオカアの一人である。友人の父が若い時、ロンドンとパリに遊んだ記念にフランス製のブライアとダンヒルを持って帰った。友人の家へ遊びにゆくたびに書斎で悠々とくゆらしている姿を見て死ぬほど憧れた。十七、八才の頃だった。さっそく自分で和製のビラン材のチャチなのを一本買った。すぐに焦げてヒビ割れてしまった。つぎには骨董屋で陶器のを安く買った。これは雁首がすぐ熱くなって、とても手で持っていられない。

何のことはない、火鉢にキセルをつけたようなものだ。うかうかすると唇まで熱くなった。GIの使いさしたコーン・コブ、トウモロコシの茎を圧搾した、マッカアサアご愛用のパイプ、これもダメ。あれこれ探しあぐねているうちに、例のダンヒル氏が死んだ。友人は一人息子で、お通夜のときに隅へ呼び、パイプをくれ、とせがんだらフランス製の方は棺桶に入れたがダンヒルは遺物にのこしてある、と気さくに持って来てくれた。その晩は嬉しくて、ねむれなかった程だ。フランネルの布でキュッキユッとぬぐうと渦の木目《グレーン》があざやかに光沢を帯びてかがやき、「桃山」を買ってきて罐の蓋をあけるのももどかしい気がした。

それから莨《たばこ》巡礼がはじまった。カラッ尻のときにはバットや新生の吸いガラをほぐしてつめ、イガラッぽい「日光」や火のすぐ消える「桃山」に明け暮れした。外国物ではネイヴィ・カット、ウォルタア・ロオリイ、ユニオン・リーダー、ボンド・ストリート、ヴェルヴェット、プリンス・アルバート、ハーフ・アンド・ハーフ等々、辞書や六法全書を売ってでも、莨だけは欠かせられなかった。いよいよ窮して、バットの吸いガラをキセルにつめるよりしかたのない日はさびしくてやりきれなかった。

金はなくても莨さえポケットにあれば街はわがもの、太陽は自分のために照ってくれているような気がした。パイプと莨を入れる袋をポウチと云うが、これにも苦心した。とにかく着たきり雀の貧乏大学生なんだから鹿皮だの犢《こうし》のバックスキンなどというような上物は手がとどかない。そんな金があれば、さきに莨を買った方がマシだ。

ナイロンの風呂敷を切ってミシンで袋に縫ってもらった。ところが、これでは湿りがすぐなくなって乾いてしまう。

次は大型の古のドル入れにチャックをつけたが、これは指が入らなくてうまく莨がつまみだせない。ゴムの袋のも感心できない。しょうがないから、日本式の腰にさす古皮の煙草入れでガマンした。

アメリカ莨のウォルタア・ロオリイのポケット罐の蓋の裏をみると、Write For Booklet “A” On Pipeと書いてある。書いてよこしたらパイプについての小冊子を進呈致します、ということだ。宣伝の畠ではこういうのを「鍵付き」という。返答を求めて広告効果測定の資料にするわけで、近頃流行っている。

これは面白い、と思った。その頃、(今でもそうだが)日本では専売公社公認のものでないかぎり、外国莨は御法度であったがロオリイのようなパイプ莨は非公認なのだ。その日本から手紙をだして、宣伝物が果して向うから送られるかどうか。

さっそくタイプライターを打った。石川欣一氏によれば、一九五〇何年かのアメリカン・パイプ・クラブの席上でアインシュタインは「パイプは紙巻とちがって、それをくゆらす人の思考を方法的ならしめる何物かを持っている」と云ったそうだ。けだし、名言ではないか。これを引用して「小生も亦、この哲学の熱心な信奉者であり追随者であり、御社の一罐は実に小生をして情熱的な方法的実践者たらしめます……」とか何とか、拙劣な英文をヨタヨタ綴って送った。

すると、二週間ほどして、ケンタッキーからパンフレットが六冊着いた。読んでみると、もっと欲しかったら書いてよこせ、とある。図々しく、もう二ダース送れ、と云ってやったら、チャント送ってきた。アメリカの宣伝資本は精力的だ。このパンフレットはつまらないものだが、パイプの使用法については実に細かく注意が書かれてある。同好の士は左記に宛ててとりよせてみなさい。

Brown & Williamson Tobacco

Corporation

Box173a, Louisville, Kentucky,

U.S.A.

パイプはいいものだ、アインシュタインも愛した。スターリンはダンヒルをくわえた肖像写真を地球上にばらまいた。サルトルの精悍な文章の背後にもパイプの紫煙がたゆたっている。パイプは古き、良き手工業時代のニュアンスをどこかに匂わせる。静謐の貴重さを知る人はかならずパイプ党になるだろう。

煙と、言海と、こころ

外国から帰ってくると、いつものことだけれど、ソワソワとして落着かないので困る。味覚のほうは純日本食を注入すればすぐに復元できるが、内なる厄介なるものはそれといっしょにうごいてくれるとはかぎらないので、人知れず苦しめられる。二月にサイゴンへいって一二〇日か一三〇日ほどをすごし、帰国してみると夏であった。サイゴンは雨季と乾季しかなくて、のべつに真夏であるが、ここはこうなのだ、真夏しかないのだと覚悟をきめてしまうので、いっそしのぎやすい点がある。けれど、わが国のように四季があると、もうちょっと待てば涼しい秋になると思うので、それが待遠しくてイライラしてくるということになる。

内なる厄介なるものをコトバの大群といっしょに復元させるために、いささか大げさだけれど、机のまえにすわる練習からはじめる。ずいぶん永いあいだほうりっぱなしにしておいたパイプをとりだして、鹿皮で磨いたり、こびりついたヤニを落したりする。パイプは人前では吸ってはいけないものとされているから、自分を部屋のなかに密封するのにはちょうどいいのである。パイプにタバコをつめるのは簡単なようでいてなかなかむつかしく、多年の熟練を要する。つめてからはゆっくりと、ちびちびと吸うのがコツで、火がまんべんなく壺のなかをまわるようにすると、タバコがまったりと熟《う》れてきてタバコの香りがめざましくなる。シガレットだと紙が燃えるうえにフィルターがつくので、タバコそのものの味がどれだけたのしめるのか、疑わしいかぎりだけれど、パイプだとじかに味わえる。そこが魅力なのである。

十六、七歳の頃から私はパイプを吸いはじめた。友人の父上が死んだときに形見わけとしてパイプをもらったのがきっかけであった。十六、七歳のこどもがフランス製の角《つの》柄のついた書斎用のパイプをくわえて町を歩く光景は、いま考えてみると、ずいぶん珍妙な、見苦しいものだったろうと思う。あるアルミ工場で旋盤工のアルバイトをしていたとき、職長のおっさんにわけもわからずどなられてなぐられたことがあるが、あとでパイプのせいだとわかった。しかし、私としてはポーズのほかに、さしせまった実用上の必要があったのだ。当時は駅や町に落ちている吸いガラを集めて、ほぐして、手で巻きなおすシケモク全盛時代だったから、パイプを持っていたらどんな短い吸いガラでもほぐしてつめこむことができるのである。それがありがたかったので、パイプはいよいよ手放せないのである。モク拾いのおっさんは長い竹のさきに針をつけて朝の駅にあらわれ、電車がでていくたびに線路に落ちた吸いガラを手練の速業でチョイチョイ突いては手もとへ持ってくるのであるが、どういうものか、どのおっさんも申しあわせたように腰にサントリーのオールドの箱をつけているのがおかしかった。

小説家になって文章を売って暮すようになってからは本が一冊でるたびに記念としてパイプを一本買うという習慣にしていたのだが、そのうち諸外国をほっつき歩くようになり、身辺があわただしくて、いつとなくその習慣をやめてしまった。パイプをふかすにはやっぱりゆっくりとした時間と心がなければなるまい。十代も、二十代も、三十代も、私はせかせかとしかパイプが吸えなかった。何度も何度も火をつけなおさなければ一服を吸いきることができなかった。火をつけてもすぐ消えるし、煙を機関車のように吐くばかりで、じんわりと長時間をかけることができなかった。細い煙を糸のようにたちのぼらせていつまでもちびちびと一服をたのしむということができなかった。タバコが悪かったということもあるだろうが、何よりも得体のしれない焦燥に追いたてられている、内なる厄介なるものがそうさせた。

ゲオルギウの『二十五時』に登場する人物は強制収容所にほうりこまれて七難八苦するが、仲間の捨てたタバコをひろってパイプでふかす。パイプだとどんなタバコでもつめられるからありがたいもんだという述懐を洩らしている。そこを読んだときにはわがいとけなかりしシケモク時代を思いだして、内心思わず膝をたたいた。ところが、サルトルの小説であったか、戯曲であったか、ある人物がべつの人物を批評して、あいつも堕落したものだというところを、『あいつもとうとう肘掛椅子にすわってパイプをふかすようになった』と洩らしている。どうやらパイプは精神的怠慢のシンボルと見られることもあるらしい。おなじことをべつの作家は『夜食《スペー》を食べすぎた』とか、『肩が丸くなった』と書いている。しかし、写真を見ていると、当の本人のサルトルはパイプ党であるらしく、よくパイプをくわえたところをとられているのである。それも、ひょっとすると、アフリカのヒョウタンに海泡石のボウルをはめこんだ、巨大なキャラヴァッシュを吸っていたりする。一度見たことがある。パイプ党は安心してよろしいようですぞ。

アインシュタインはいくつもの名句を吐いたが、パイプについても一言のこしてくれている。彼はパイプ党であったので、アメリカのパイプスモーカー・クラブの会長に推されたが、ある年の新年の挨拶のスピーチで

「パイプには吸う人の思考を方法的ならしめる何かがあるようです」

といったのである。これはありがたい。こういう名句があると助かる。〝方法的思考〟は哲学者だけのものではあるまい。深夜に机のまえでパイプをくゆらしてそこはかとなき白想にふけっているとき、その朦朧をすら私は何かしら方法的なのであると考えることにしよう。

小説を書く動機と静機が熟しあっているときは、いわば発熱状態にあるので、いろいろと精神衛生に気を配らねばならない。他人の文学作品を読むのは私の場合、まず、避けなければならない。暗示をうけるし、影響にとらわれるし、よけいなコムプレックスを負わされるからである。そこで鳥獣虫魚や、失われた大陸や、前作のときは中華料理店の菜譜をもらってきてくりかえしくりかえし熟読玩味した。いまは十年間捨てておいたパイプを再発見したので、これと遊ぶことができる。夜ふけにいきづまったらパイプをとりあげ、お焼香の手つきでタバコをつめこみ、煙の糸を眺めながら、『言海』を繰ることにする。この古い辞書は読んで〝味〟がある。芥川龍之介が愛読したという有名な挿話があるが、友人にたのんで古書店で探しだしてもらったのである。その黄ばんだ頁を繰りながら脈絡なしに読んでいると、単語から単語へ、つぎつぎと連想飛躍が起って、愉しいのである。寝るまえの睡眠薬としても絶好である。内なる厄介なるものもこれには声をたてないでいてくれる。

Ⅵ 洋酒天国

洋酒天国

「洋酒天国」（全六十一号）は、開高健を編集兼発行人として昭和三十一年四月十日に創刊された広報誌である。そのうち開高健が執筆したと推定される文章を抜粋。原型は全編を通じて無署名である。

ビボ・エルゴ・スム

日本の坊さんは、〝葷酒山門に入ることを許さず〟などとヤボな言葉をのこしていますが、西洋では寺院＝酒庫というようなありさまで、衆生済度にはハンニャ湯が何よりと考えられていたらしく、〝リキュールの女王〟と称されるシャルトリューズやベネディクティンなどすべて坊さんの発明です。十七世紀の或る英国僧侶などは、日記に、〝Bibo, ergo sum〟――われ飲む、故にわれ有り――などとシャレた文句を書きのこしているくらいです。もちろん、これは、デカルトの〝コギト・エルゴ・スム〟――われ思う、故にわれ有り――をもじった句。古今東西、貴賤の別なく酒徒の心理は共通するものらしく思えます。

名優はこうして飲む

なつかしの名画でもっとも印象的なのは『大いなる幻影』のシュトロハイム、上体を一気に起してグッと一杯あおったときには思わずノドがコクリとしたものです。『波止場』でもマーロン・ブランドがおなじようにキュッと飲むところをみせていましたし、『悪の決算』でイヴ・モンタンがブラック・アンド・ホワイトをグイ飲みする場面など、まさに溜飲のさがる思いがしました。

だいたい日本人は清酒やビールなどの弱い酒に慣れているのと食物の関係もあってか、強い酒を一気にあおるよりも、ウィスキーでもブランデーでも舌にころがし、歯ぐきにしませて飲む工夫を自ら体得しているようです。またそうしてまろめて味わってみると、それぞれの酒のこまかい味や香りのアクセントがわかって、ふしぎに旨く思えます。シュトロハイムやブランドたちはノドで楽しんでいたのでしょう。いずれをよしとするか、それはお好み次第というものです。

洋酒豆知識

プース・カフェ

リキュール類は酒精度も糖分もそれぞれの品によってさまざまですから、その比重の違いを利用していろいろのおもしろい飲みものがつくれます。Pousse Café というコクテールもその一つです。

これは日本では「五色の酒」と呼ばれて明治時代、例の青鞜運動以来にわかに有名になったものです。〝メェゾン鴻ノ巣〟あたりで時の文士、詩人連中が珍しがって飲んでいたので「青鞜」の編集後記にそのことを書いたところ、女だてらに酒を飲むと当時のジャーナリズムから曲解され、あらぬ非難を浴びせられて、はからずも日本の女性解放史の第一頁をかざることになったイワクつきのコクテールです。

つくり方は簡単で、要するに五種の洋酒やシロップ類をその比重の重いものから順に静かに注げばよいのです。もちろん国産品でできます。

グレナデン・シロップ

ペパーミント

オレンジ・キュラソー

ホワイト・キュラソー

ブランデー

いずれもヘルメスの洋酒をこの順に背の高いリキュールグラスに1/5量ずつスプーンの背からグラスの内側につたわるよう静かに注げばよいのです。あわててやるとまざって色が乱れてしまいますから注意してください。

赤、緑、黄、白、琥珀の五彩の虹の帯がグラスのなかでたゆたい、色あざやかな光線をキラめかす有様を眺めるのは楽しみなものです。ストローをさして下のものから静かに吸いあげていくと、つぎつぎと五つの味と香りがおちてきて気分満点。これなどは洋酒でなければ味わえぬ醍醐味というものでしょう。

モボ、モガというような言葉がもてはやされた昭和初期、ジャズで踊ってリキュールで暮れて、銀座の柳にダンサーの涙雨がしっとり降ったというたわいもないアノ頃にも赤い酒、青い酒とてもてはやされたこのコクテールは、今でも世界的に著名な飲みものとして喧伝されています。

イギリスではこれを〝スターズ・アンド・ストライプス〟つまり〝星条旗〟と呼んでいます。そのイワレはある酔払いが「このコクテールは飲み始めのときはダンダラだったが、今見りゃ何の、ただの星じゃないか」といったことによると物の本にありますが、どうだか……

ウィスキーとレジスタンス

バーンズという英国詩人の詩を読むと、
〝おお、ウィスキーギャングよ
果敢なる自由の闘士よ……〟
というような讃辞がしばしばでてきます。ウィスキー・ギャングとここで呼ばれているのは当時（十七、十八世紀頃）の密造者のことですが、政府の過酷な税制のためにウィスキー業者はみんな山間に逃げこみ、おまけにスコットランド・アイルランドの独立運動とからまって、密造者が抵抗の志士となっていた事情がこんな詩を生んだものらしく思えます。

ウィスキーの香りにはシェリー酒をしませた樫の貯蔵樽の木香とモロミ乾燥に使う泥炭（ピート）燃料の燻香とが含まれていますが、この燻香も、もとはといえば、税務署の追手をのがれて山と谷のなかに逃げこんだ密造者たちが、たまたま手近にあった泥炭を利用したことから起って、ついにウィスキーにはなくてならぬコクとされるに至った次第なのです。いまではこれを、スモーキー・フレイヴァーと呼んで貴重がっています。

初期のウィスキーは樽で貯蔵して熟成することを知らなかったのでモロミを蒸溜しただけのもの、つまり大麦のチュウを飲んでいたわけで、百姓町人のものとされていました。「余の父の時代にはウィスキーはいやしきものとされていた。当時上流紳士の飲みものはブランデー・ソーダであった」というような意味の回想をチャーチルが述べていることをみてもその間の消息がうかがえます。しかしそのウィスキーすら外貨獲得のために飲めなくなった現在の英国を考えあわせ、おそらくチャーチルは口惜しさに葉巻を嚙みしめたことでしょう。今昔の感をおぼえます。

名探偵のお飲みもの

パンと射って、キュッと飲んで、チュッとキッスする。これはハメットからスピレーンにいたるまでのタフ・ガイのテですが、この鼻息荒いお兄さんたちがコロシの間々にあおるのはたいていバーボンという、とうもろこし原料のアメリカンウィスキーです。ハードボイルド派はこうしてもっぱら二日酔いの頭と胃をシャワーや簡易食堂《カフェーテリヤ》のハム・エッグスで手荒く治しては下町へ殺し屋をナブリにでかけますが、推理派となるとなかなか註文がヤカましくて、衒学家《ペダンチック》のファイロ・ヴァンスはブラック・コーヒーに極上のコニャックでないと承知しませんし、卵頭の小男のベルギー人エルキユウル・ポワロはアイリッシュウィスキーにチョコレートを滴らしたものでないと、〝小さな灰色の脳細胞〟が働かないとおだやかに抗議なさいます。あれだけジンやマルティニを飲んで頭をいつ働かされるのだろうと疑問が湧くのは『大あたり殺人事件』のマローン弁護士。みなさんそれぞれクセと好みをお持ちで、ここらあたりで作者の嗜好がどうやらわかろうというものですが、なかでも給仕泣かせは『帽子蒐集狂事件』のフェル博士。この雄弁な大男は、料理店でボーイがうっかり、「うまいコクテールなら当店自慢の〝恋のよろこび〟に〝天使の接吻〟、それに〝幸福な処女〟などいかがでしょう……」とすすめたばっかりに、「……ああ、真の愛酒家にとってこれは何たる堕落、何たる混乱だろう。こんな名前には、たとえばウィスキー・アンド・ソーダなどを註文するときの、あの紳士、英雄の気分が全然感じられんじゃないか。バッファロー・ビルが〝幸福な処女〟を註文する図が想像できようか！……」と男泣き（マサカね）をする場面がありました。洋酒党ならつれづれの探偵小説にもまた格別の興味が味わえようというものです。

コクテールになくてはならぬ胃弱薬

〝マンハッタン〟にしても〝ジン・ビターーズ〟にしても、たいていの有名なコクテールにはビターズが一ふり仕上げに注がれます。ビターズとは、そうです、バーの酒棚にはきっと並んでいる、あのヘアトニック瓶に入った、茶色のドロンとした液です。

ビターズにはオレンジ・ビターズやアロマティック・ビターズなど、数種類ありますが、いずれも元をただせば薬局の健胃苦味剤だったものです。現在、世界でもっともポピュラーなのはアンゴスチュラ・ビターズですが、これとても創製したのは野戦軍医です。

この男は当時（一八二〇年頃）兵隊の食欲増進剤の発明にコッてベネディクト僧はだしに手当り次第、辺りの熱帯の薬草類をかき集めては「マクベス」の魔女の鍋みたいに煮たり、干したり、酒に浸したりしていました。トロリトロリと四年間研究した結果でき上ったのが今のアンゴスチュラ・ビターズなんです。ふつうアンゴスチュラ樹皮《バーク》を他の香辛性薬草とともに酒精でエッセンスを浸出したものと考えられていますが、ほんとうはアンゴスチュラというのは創製者の当時住んでいたヴェネズエラの町の名で、アンゴスチュラ木というようなものは存在しない、というのが製造会社の説明です。

しかし、いずれにしてもその処方は秘密になっていて原料は何を使ったものかわからないでいます。

誰が、いつ、どこで、どういう事情からウィスキーとヴェルモットの混合液のなかへ胃弱薬をふりかけることになったのか、これもわかりませんが、しかし、とにかく酒とセンブリの結合というガリレオ的発見が、〝マンハッタン〟を全世界におしひろめ、バーテンダーという職業を存在せしめることになりました。今ではビターズを入れないコクテールというものは、ほとんど考えられないくらいに普及しています。それでも、まだ本来の使命が忘れられないのか、どのビターズをとってみても瓶の包装紙には、少量の水に半オンスほど溶かして召上れば軽い腹痛ぐらいはドンピシャリ、治ると書いてあります。戦争中に苦味チンキをあおって渇を癒したことのある英雄なら、今にまた不景気になれば、「ビターズの生《ストレート》はコタエられないね」などといいだすかもしれません。チュウわりにも一寸オツなものですし……

洋酒はこうして噛みわける

むかし、キャグニーとボガートの組んだ『唸る一九二〇年代』（禁酒法時代です）という映画で、ヤミ屋のキャグニーが密輸船の船長のボガートに逢い、すすめられたウィスキーを手にこぼしてゴシゴシこすってから匂いを嗅ぎ、「ウン、今度こそ本物だ」と呟く場面がありました。

ウィスキーのききわけ方には二つの方法があって、日本酒のように口に含んで見わけるのと、前記のように手でこすって香りを鑑定するのと、いずれもその道の達人になると年代から銘柄までズバリ一言であててしまいます。

ウィスキーは口に含んだ瞬間、歯ぐきにキンとしみたりツンとこたえたりするようなら上物といえません。やわらかく、なめらかに愛撫してくれるようなら名品ということになります。ブランデーでもそうですが、こういう感触をくろうとは〝ヴェルヴェット・タッチ〟と呼んでいます。

手で嗅ぐ場合、両手で強く5、6回こすると酒精分が蒸発して、あとに香りがのこります。若くて粗いウィスキーは青臭かったり、刺戟的な香料の匂いがしたりして、上物の芳香とすぐ見わけがつきます。お国柄か伝統か、この点の嗅覚のよさについてはアメリカ人よりイギリス人の方が定評があります。

ブランデーを飲むとき、チューリップ型のグラスを使いますが、あの型は酒の鑑定に使うテスト・グラス（スニフ・グラスともいわれています）とおなじで、香りを逃がさないためのデザインなのです。コニャックの逸品になると、両手で抱くようにして持って軽くゆすっていると、体温に温められて芳香がたち、部屋じゅうに醇気が満ちわたります。そういうのを口に入れると、まるで芳香性のガスにふれたような気がします。液体の域を超えたものでしょう。

ぶどう酒もウィスキーと同様に〝噛みしめ（chew）〟て味わいますが、白より赤の方が鑑定はむつかしいものということになっています。いずれにしても鑑定人の歯ぐきにしみわたらせる方法はトウシロが飲むときにもそうした方がいいのではないかと思います。歯ぐきにまんべんなくしみこませてから舌でころがし、もてあそんでから、さいごにグッとノドで当ってみると一つ一つの酒の個性が、ふだんよりさらに深く微妙にわかってくるのです。

SCREEN & SPIRITS
眼で飲んだ名場面

本誌3号に双葉十三郎氏が「映画と洋酒」と題する好文を寄せておられますが、その後ファンの読者の皆さんから〝もっとあんな記事を〟という投書がおしかけ、ちょうど編集部にもご多分にもれぬ、口やかましい物好きがおりましたので、3号の補遺というぐらいの気持で手もとの材料をまとめてみました。双葉先生には紙上を借りて、失礼をお詫び申上げておきます。

とりあえず洋酒別にわけて思いだしてみましょう。映画の新旧は順序かならずしも同じではありませんからご海容の程を……

ぶどう酒……オジサマ族がきっと口ずさむ、〝ウィーンとワイン〟のルフランのある《新酒の唄》と《只一度だけ》。これは古くなつかしきその昔の『会議は踊る』というオペレッタ映画の主題歌です。フィナーレでたそがれのウィーンの村を新酒祝いだというので少年唱歌隊がタイマツを持ってねり歩いていました。5月は春に一度しかない、ただ一度だけの青春を新しきぶどう酒の杯高く乾杯しようというのがこの映画と歌のだいたいの心意気。リリアン・ハーヴェイのイット（こんな言葉もありましたっけ……）が売物でした。アメリカ映画ではフランク・キャプラの『素晴らしき哉、人生』で珍しくぶどう酒が登場しました。ジミィ・スチュワートの建築業者が貧乏人のために月賦の小住宅を建ててやるたびに「生活にうるおいとよろこびがあるように……」といいつつぶどう酒一本を配って歩く場面。

　また日常生活とぶどう酒の結びつきを暗示するワン・カットとしては『パリの空の下セェヌは流れる』で海賊気取りの腕白小僧が迷子の八百屋の女の子に「おめエの顔色が悪いのはぶどう酒を生《き》で飲んだことがねエからだろ」といっていたシーンなども水がぶどう酒より値の高いパリ、女子供でもお茶がわりにヴァンを飲んでいるアチラの事情を聞きかじっていればよくのみこめます。

　今でもシャトォ・イケムなどという名品はぶどうを足でふみつぶして作っているらしいのですが、これは『平和に生きる』のアルド・ファブリツィの村長や『ユリシーズ』のカーク・ダグラスがみせてくれました。

ウィスキー……どんなに窮しても酒だけはやめられんという話が『第17捕虜収容所』にありました。残飯や芋のヘタをドラム罐で醱酵させ、アルコール・ランプで蒸溜して、ウィリアム・ホールデンのチャッカリ軍曹がバクダン焼酎を作る場面なのですが、くろうとの眼からみてもあの機械装置は稚拙ながらなかなかよくできていました。オットー・プレミンガー監督、例の凝り性でウィスキー工場見学にでもでかけたのでしょうか。

双葉氏のあげておられる『明日泣く』のスーザン・ヘイウォードの役を、これは小品ながらダイナミックなヒューストン監督の『キー・ラーゴ』のなかでクレア・トレヴァがやっていました。ギャングの情婦となっておちぶれた歌手が台風の夜の熱帯の酒場でハイボールをあおりつつ浅ましいシャガレ声で歌うところをおぼえていらっしゃいますか。ヒューストンはフォードとおなじく酒を小道具に使うことの上手な人ですが、『アスファルト・ジャングル』でも百姓上りのヘボ強盗スターリング・ヘイドンが、「俺のくにはケンタッキーさ。ウィスキーのうまいところだ。ウィスキーはいい水がなければできないのさ」と、女の愛情にも気づかずぶっきらぼうにオールド・ファッション・グラスをあおる仰角カメラのシーンがあって、大根役者のヘイドンまでがちょっとした雰囲気をだしていました。『赤い風車』のホセ・ファラーにコニャックをにぎらせてもうまかったでしょう？

『黄金』の巻頭の酒場風景にしてもボガートがいい味をだしていました。今度からヒューストン映画で酒がでたら注意してごらんになってみてください。フォードなら『駅馬車』の飲んだくれ医者（トマス・ミッチェル）、『荒野の決闘』のインテリやくざドク・ホリデイ（ヴィクター・マチュア）、『ミスター・ロバーツ』のいんちきスコッチ、『捜索者』のメキシコの酒場でのワン・カットなど、気をつけてみていると今までのどの作品にもきっと印象的な場面が一つありましたし、また今後もおそらく好事家を楽しませてくれることでしょう。

ブランデー……双葉氏はチューリップグラスの扱い方について『ローラ殺人事件』のクリフトン・ウェッブの洗練ぶりをあげておられますが、比較的新しいところではヒッチの『裏窓』でジェイムズ・スチュアート、グレイス・ケリィ、ウェンデル・コリィの三人が犯人の真偽について論じあいつつめいめいグラスをゆする場面がありました。これもなかなか堂に入ったもので、殊にケリィの腕輪がブランデー・グラスにふれてカチカチ鳴っていたことを思いだします。

ブランデーといえば、久しぶりのセンチメンタル・ギャング役で渋好みのファンを喜ばせたジャン・ギャバンが『現金に手をだすな』で飲んでいたのはフィーヌ・シャムパーニュというコニャックの名品です。腹心の部下とパテか何かをサカナに「俺の皺を見な、おめえも俺も、もう荒仕事をやれる年じゃねえ。まア、一杯飲んでから寝ることだナ」といいつつ飲むところなんですが……

ぶどう酒の鑑定

ミステリー特集というわけで、本号では試みにぶどう酒を扱った短篇推理小説を三つ集めてみました。ポウとセイヤーズとベントリー、このうち前二作はすでに訳がでていますから、ごぞんじの方も多いことと思います。ベントリーは江戸川乱歩氏のおすすめで掲載いたしました。本誌が初訳です。よろしくご鑑賞ください。

このほかに、思いだすところでは、昨年11月号の『エラリー・クィーンズ・ミステリー・マガジン』(早川書房)にロアルド・ダールの「味」という短篇がありました。小品ですが、なかなかツボを小気味よくおさえた好篇ですから機会があればお読み下さい。

ここにあげた三篇でごらんになるように、ぶどう酒のメキキができるということは、アチラでは紳士に欠かせぬ資格と見なされ、必修教養科目の一つにかぞえられています。ぶどう酒はその年その年によって、おなじ銘柄でもひどく味、香りがちがってきますから、ラベルを伏せてだされた瓶を何年産の何と、名前はおろか年代までドンピシャリ当てなければサロン出入りもできないし、食卓にも招かれず、給仕にも鼻白まれるという厄介なことになってきます。

ぶどう酒のラベルにも、たいていの名品には醸造年代とその年の良否が印刷されています。

たとえば次にあげたのは、一九二四年以後のボルドォ地方産ぶどう酒の Vintage Year（当り年）の概評です。

一九二四年　良質で味がよい
一九二六年　少し甘味が薄い
一九二八年　非常に優秀
一九二九年　優秀で甘味が勝つ
一九三三年　芳醇
一九三四年　優秀である
一九三八年　少し甘味が薄い
一九四三年　優秀である
一九四四年　甘味にコクがある
一九四五年　芳醇
一九四七年　優秀である

一九四八年　特に芳香が高い
一九四九年　優秀である

こうしたリストが公表されて酒店に配られていますし、ユトリのある連中はかならず自分の酒庫《セラー》に酒　表《ワイン・リスト》をそなえて客に指名させるのをエチケットとして誇っています。客は客で、食卓にだされた酒をコッテリほめあげて主人の自尊心を愛撫するかたわら、自分の博識達見をヒレキにおよぶという段取りになっているわけです。

さきにあげたロアルド・ダールの「味」をお読みになるとわかりますが、ヨーロッパでは酒を人格で表現する習慣があります。つまり日本人なら、この酒はまろみがあるとか、あの酒はコクがあるとかいうところを、たとえば、前記の「味」に登場する酒通は、〝……おずおずしているくせにどこかとても大胆なところがあって、たまらない色気を発散してくる〟などと、まるで女を批評するような口ぶりで舌なめずりしています。

これはアチラではふつうの習慣で、大衆酒場の労働者でも焼酎のようなカルヴァドスを飲みつつ〝この酒は田舎者のくせに粋がってる〟とか〝あの酒は実力もないのに気取るところがイヤ味だね〟などと、わいわいガヤガヤ品定めをしています。酒を人生の友と考えるのなら、やはりこういう表現を考えつつ飲む方がまっとうでもあり、楽しくもあり、また飲む人間の個性が酒に反映されてでてきたりしておもしろいことだろうと思います。

小説でのつくりごとならいざ知らず、実際に味と香りだけで何百何千とある銘柄のなかから一つの名と年代を飲み当て嗅ぎだすのは至難の業です。よほどの修練と鋭敏なカンが要求され、紳士たる者もまた辛《つら》きかな、というところ。ボルドォだけでも有名無名のぶどう園はゴマンとあるのですから、よく名も通って味も知れわたっているシャトォものの名品なら、いざ知らず、地酒もまじえてえらびだすということになると、バッカスでもタジろぐでしょう。だいたい赤ぶどう酒より白ぶどう酒の方が味のアクセントがひかえめなので鑑定はむつかしいものとされています。

本号のミステリーはテーマが同巧異曲なので、いささかマナリズムのそしりもまぬがれぬところかと思いましたが、ぶどう酒の雰囲気の一面を特にハッキリとお伝えするため、とりあげてみました。

酒場の博物誌

すべて魚や虫は灯をめざして集るものである。それは、おそらく彼らが本性においいて詩人だからであろう。思うに人懐しさにたえられず、灯ともし頃ともなればソワソワ浮足だって東西南北から駈けつけてくるのである。酒場はネオンの海の洞穴。そこにはさまざまな生物がひそんでいる。トグロを巻く奴、カフむ奴。陽気なのやらかなしいのやら。あるいは歌い、あるいは泣く。四十八手裏表をつくしてもまだ及ばぬくらいその生態は百人百様、とても枚挙にイトマがない。よってここにジュール・ルナール先生の名をけがして《博物誌》と題し、数種の珍虫奇貝を紹介して読者消閑の酔興に供しようとする。お笑い頂ければもっけの幸い。

ハシゴ鮭（魚類）……同族には朝鮭、深鮭など、とても一筋縄ではいかぬ猛者ぞろいだが、総じて回遊性に富む鮭鱒族中、このハシゴ鮭の右にでるものはまずいない。浅瀬をとび、岩をのりこえ、滝におどって産卵のためにシャニムニ突進する鮭をさして、よく人は〝けなげにもかなしい母性〟などと感激するが、穴から穴へ、河岸から河岸へ、とめるを聞かず、手をふりはらってハシゴ鮭がヨロヨロ泳いでゆくありさまはどこやら悲壮にも滑稽味があり、精魂つきて座席にたおれ、終電のまにまにどことも知れず運ばれてゆく姿はあわれを誘う。人波をかきわけおしのけてやっとめざす酒場の椅子にたどりつくや、タオルで顔をふくかふかぬかに〝モウ出ヨウ、出ヨウ〟といって泣く。まったく気ぜわしい魚である。

タダ蚤（昆虫）……三種ある。オリンピックに出してやりたいと思わず惚れぼれするほどの速業で雲をカスミと逃げの一手をキメこむ青春派と、おさえられたとたんに空財布をポンと投げだし〝サア、殺せ、殺せ〟とスゴむ戦国無頼と、そしていちばん始末におえないのが最後のルンペン紳士。これは悠揚として迫らず、前記二者よりはるかに演技が達者で、犯行の現場を見つかっても居直るどころか、〝交番でもブタ箱でも、おっしゃるままに……〟とイケしゃあしゃあとしている。この蚤に食われたら災難とアキラめるより手がない。盛り場にはかならずこのタダ蚤がさあらぬ顔でピョンピョン跳ねている。〝人生劇場〟の黒馬先生はこの種族の不世出の英雄である。

ホワイト・ホース（哺乳類）……この馬に乗るにはえらくモトデがかかる。ウワサによればひと頃は一晩五万円の高値を呼んだこともあるという。こういうオ値の張ったものだから、野放しにはされていない。ソレ相当の秘密組織を通じて騎乗を申しこむ。馬舎も東京でいえば丸ノ内あたりの高級ホテルが多いから、こちらも足モトを見られぬよう第一礼装ででかける注意が必要。しかし、なんといっても外国種の馬のことであるから、よほどのタフ・ガイでなければお相手がツトマリかねるし、なにより乗心地が〝イナナくばかりで一向ピンとこない。フカみたいにやたら脂ッぽくて大味で、古井戸を棒切れでかきまわすようなものだ〟と、通はイカモノ食いをいましめているようでアル。

カンジョウ牡蠣（貝類）……こいつに勝てるものは前記のタダ蚤をのぞいて地上に

は存在しない。大統領でも第一書記でもこいつにだけは手をあげる。煮ても焼いても、フライにしても酢に漬けても、およそ食えたシロモノではない。つねにマダムの帯のあいだに住み、月末になるとオフィスでも下宿でも所きらわず出張してくる。おそろしく眼の利く奴で、逃げようがカクレようが草の根、石の下をかきわけてでも追ってくる。どんな船でもフジツボやカキなどがくっつくとドック入りするものである。これを放置すると船腹は錆びるし、速度はおちるし、第一テイサイわるくてどこの港にも大手をふって入れなくなる。カンジョウ牡蠣も同様だから、とりつかれぬよう毎月掃除を怠らぬことがたいせつである。しかし、身からでた錆びとアキラメはするものの、いつもこちらの記憶より多くなっているような気がするのは妙である。

トラ（哺乳類）……ライオンの仔をご家庭用に売りだすような時代であるから、トラが夜の街を横行したって決してフシギではない。トラは酒を飲むと眼がすわり、ウォー、ウォーと吠えながら、ヤミクモに突進し、女と見ればとびついてキスしたがること、国会も酒場も同様である。婦人議員もマダムも区別ないその眼つきをさして〝虎視タンタン〟といい、このワイセツな乱暴者からお愛想を巻きあげる高等技術を呼んで〝虎穴に入らずんば虎児を得ず〟など、古来、トラに関する研究には人心の機微をついたものが多い。ちなみに、朝鮮の哀歌「トラジ、トラジ」は貧乏でお酒も飲めず、陽気に騒ぐこともできなくなった植民地庶民のナゲキ節である。

ハラノ虫（昆虫）……誰もその正体を見たものはないが、おそらく針ネズミみたいな奴ではなかろうか。平素はおとなしく寝ているが、ウッカリさわるとムクムク針をたて、こじらせると所かまわず嚙みつき、いよいよ納まらなくなると〝酒だ酒だ！〟と駈けだす。うっとうしい奴である。気まぐれで神経質で傲慢な、なんともやりきれぬ虫である。ある日本の国会議員はアメリカへ行ってなにか面子にかかわるようなことが起ったとき、憤然として大まじめに〝マイ・フェイス・ダズ・ノット・スタンド（オレの顔が立たない）〟といったとか、いわぬとか聞くが、もとはといえばそれもやっぱりこの虫のせいなのである。この虫の大好物は上役の悪口をサカナに飲むことで、酒場では誰でもこの虫を手に這わせたり、グラスにほりこんでおぼらせたりして興がっている。

ニタリ貝（貝類）……漢字で書くと〝似たり貝〟。四国は徳島近辺のその名もいみじき撫養《むや》という浜でとれる貝だが、お祭しのとおり見れば見るほど造化の妙をきわめ、恰好といい、割れめといい、アレそっくりである。なかには海藻の生えたのもあって、ただただ感心させられるばかりだ。おそらく神様は天地創造の七日めの夜おそく、万物を創りおわってから、余った粘土を捨てるのもモッタイナイというのでチョイとヒネってこの愉快な貝を地上に住まわせられたのではあるまいか。気の利いた酒場ならマヨネーズかなにかの瓶にこの貝をアルコール漬けにして一般の参観に供しているようであるから、ソッとマダムに〝アレ見せて〟とたのんでごらんなさい。マダムはグッと生きのいい、ツヤツヤと張りきった、ホカホカと温かい、フラフラとなりそうなほの暗いのを、エ、そう、持ってはいても見せてはくれないでしょうネ。

初出・初収一覧

Ⅰ

瓶のなかの旅* 「随筆サンケイ」1962年5月1日（『言葉の落葉Ⅱ』冨山房1980年）
タケシのパリ 「毎日グラフ」1967年1月1日（『言葉の落葉Ⅲ』冨山房1981年）
飲むならサロン・パリかオツネンマイだ* 「サンデー毎日」1975年12月14日（『開口閉口1』毎日新聞社1976年『閉口開口』新潮文庫1979年）
珍酒、奇酒秋の夜ばなし* 「サンデー毎日」1975年11月30日・12月7日・21日（『開口閉口1』毎日新聞社1976年『閉口開口』新潮文庫1979年）
酒瓶のつぶやき 「朝日新聞」1977年9月25日（『白昼の白想』文藝春秋1979年）
飲む* 「潮」1971年1月1日（『白いページⅠ』潮出版社1975年）
弔む 「潮」1972年4月1日（『完本 白いページ』潮出版社1978年）
ふしぎな瓶、ふしぎな酒* 「日本経済新聞」1981年9月27日（『言葉の落葉Ⅳ』冨山房1982年）
Dear Readers 「Seven Seas」1989年10月1日～12月1日（『オールウェイズ下』角川書店1990年）

Ⅱ

パイプと旅 「エコノミスト増刊号」1963年10月10日（『言葉の落葉Ⅲ』冨山房1981年）
ちょっと一服* （『たばこの本棚―5つの短篇と20の随想―』青銅社1979年『地球はグラスのふちを回る』新潮文庫1981年）

葉巻の旅「サントリー天国」１９６５年5月（『地球はグラスのふちを回る』新潮文庫１９８１年）
煙りのような「別冊文藝春秋」１９７５年6月5日（『白昼の白想』文藝春秋１９７９年）
挑発と含羞*「筑摩現代文学体系・月報」１９７６年10月5日（『白昼の白想』文藝春秋１９７９年）
ライターやら陰毛やらと寝床のなかで死ねない男*「サンデー毎日」１９７５年10月19日（『開口閉口1』毎日新聞社１９７６年　『開口閉口』新潮文庫１９７９年）

Ⅲ

ラッキー・ストライクよ永遠に*／書斎のダンヒル、戦場のジッポ*／グエン・コイ・ダン少尉とオイル・ライター*／鉄人の夜の虚具、パイプ*／七日間ごとの宝物、ウィーク・パイプ*「ＰＬＡＹＢＯＹ」１９８１年（『生物としての静物』集英社１９８４年）

Ⅳ

夜ふけの歌「小説現代〈酒中日記〉」１９６６年5月22日（『言葉の落葉Ⅲ』冨山房１９８１年）
腐る*「人間として」１９７１年9月30日（『食後の花束』日本書籍１９７９年）
焼跡闇市の唄「別冊文藝春秋」１９７１年12月5日（『白昼の白想』文藝春秋１９７９年）
もどる*「潮」１９７５年1月1日（『白いページⅡ』潮出版社１９７５年）
夕方男の指の持っていき場所*／君は不思議だと思わないか？「サンデー毎日」１９７６年6月30日・7月25日（『開口閉口2』毎日新聞社１９７７年　『開口閉口』新潮文庫１９７９年）
香水を飲む*「群像」１９８７年1月1日（『オールウェイズ下』角川書店１９９０年）

ジンの憂鬱　「ユリイカ」1978年3月1日（『ああ。二十五年。』潮出版社1983年）
大地と煙り＊　「オール讀物」1984年7月1日／ワインは究極の酒なり／開高健流デカンタージュ
『ワイン手帖』ロナルド・サール著　新潮文庫1987年／小説家の〝休暇〟──私のペン・ブレイク　「波」1987年10月1日（『オールウェイズ上』角川書店1990年）
瓶の中のあらし＊　「新潮」1988年5月1日（『オールウェイズ下』角川書店1990年）

V

すわる　「潮」1972年3月1日（『白いページI』潮出版社1975年）
煙る忍耐　「新潮」1974年3月1日（『開口一番』番町書房1974年）
種において完璧なものは種をこえる＊　「サンデー毎日」1976年9月26日（『開口閉口2』毎日新聞社1977年『開口閉口』新潮文庫1979年）
タバコ　「面白半分」1979年8月1日（『ああ。二十五年。』潮出版社1983年）
パイプのことなど＊　「DRINKS」1956年（『孔雀の舌』文藝春秋1976年）
煙と、言海と、こころ　「文學界」1973年10月1日（『開口一番』番町書房1974年）

VI

洋酒天国　「洋酒天国」1956〜57年（『言葉の落葉II』冨山房1980年）

※開高健全集（1991〜1993年　新潮社）に収録のもの（＊）は全集、それ以外は初収と『閉口開口』（新潮文庫1979年）『地球はグラスのふちを回る』（新潮文庫1981年）を底本にしました。

本書は文庫オリジナル編集です。

適宜ルビを付け、明らかな誤字・誤植は正しました。

本文中、今日からみれば不適切と思われる表現がありますが、書かれた時代背景と作品の価値を鑑み、底本のままとしました。

◎編集協力　金丸裕子

瓶《びん》のなかの旅《たび》
酒《さけ》と煙草《たばこ》エッセイ傑作選《けっさくせん》

二〇二一年 五 月一〇日　初版印刷
二〇二一年 五 月二〇日　初版発行

著　者　開高健《かいこうたけし》
発行者　小野寺優
発行所　株式会社河出書房新社
〒一五一-〇〇五一
東京都渋谷区千駄ヶ谷二-三二-二
電話〇三-三四〇四-八六一一（編集）
〇三-三四〇四-一二〇一（営業）
https://www.kawade.co.jp/

ロゴ・表紙デザイン　粟津潔
本文フォーマット　佐々木暁
本文組版　株式会社創都
印刷・製本　凸版印刷株式会社

Printed in Japan　ISBN978-4-309-41813-1

魚の水（ニョクマム）はおいしい

開高健　41772-1

「大食の美食趣味」を自称する著者が出会ったヴェトナム、パリ、中国、日本等。世界を歩き貪欲に食べて飲み、その舌とペンで精緻にデッサンして本質をあぶり出す、食と酒エッセイ傑作選。

みんな酒場で大きくなった

太田和彦　41501-7

酒場の達人×酒を愛する著名人対談集。角野卓造・川上弘美・東海林さだお・椎名誠・大沢在昌・成田一徹という豪華メンバーと酒場愛を語る、読めば飲みたくなる一冊！　特別収録「太田和彦の仕事と酒」。

居酒屋道楽

太田和彦　41748-6

街を歩き、歴史と人に想いを馳せて居酒屋を巡る。隅田川をさかのぼりはしご酒、浦安で山本周五郎に浸り、幕張では椎名誠さんと一杯、横浜と法善寺横丁の夜は歌謡曲に酔いしれる——味わい深い傑作、復刊！

酒が語る日本史

和歌森太郎　41199-6

歴史の裏に「酒」あり。古代より学者や芸術家、知識人に意外と呑ん兵衛が多く、昔から酒をめぐる珍談奇談が絶えない。日本史の碩学による、「酒」と「呑ん兵衛」が主役の異色の社会史。

パリっ子の食卓

佐藤真　41699-1

読んで楽しい、作って簡単、おいしい！　ポトフ、クスクス、ニース風サラダ…フランス人のいつもの料理90皿のレシピを、洒落たエッセイとイラストで紹介。どんな星付きレストランより心と食卓が豊かに！

天下一品　食いしん坊の記録

小島政二郎　41165-1

大作家で、大いなる健啖家であった稀代の食いしん坊による、うまいものを求めて徹底吟味する紀行・味道エッセイ集。西東の有名無名の店と料理満載。

著訳者名の後の数字はISBNコードです。頭に「978-4-309」を付け、お近くの書店にてご注文下さい。